谯城文艺丛书　主编　李　彬　张超凡

曲坛之花

谯城曲艺作品集

主　编 • 邢鸣林
副主编 • 方显军

中国文联出版社
http://www.clapnet.cn

图书在版编目（CIP）数据

曲坛之葩：谯城曲艺作品集 / 邢鸣林主编 . -- 北京：
中国文联出版社，2017.7

ISBN 978 - 7 - 5190 - 2832 - 9

Ⅰ. ①曲… Ⅱ. ①邢… Ⅲ. ①曲艺—作品综合集—中
国—当代 Ⅳ. ①I239

中国版本图书馆 CIP 数据核字（2017）第 160938 号

曲坛之葩：谯城曲艺作品集

作　　者：邢鸣林

出 版 人：朱　庆

终 审 人：奚耀华　　　　　　　复 审 人：蒋爱民

责任编辑：胡　笋　　　　　　　责任校对：傅泉泽

封面设计：中联华文　　　　　　责任印制：陈　晨

出版发行：中国文联出版社

地　　址：北京市朝阳区农展馆南里 10 号，100125

电　　话：010 - 85923039（咨询）85923000（编务）85923020（邮购）

传　　真：010 - 85923000（总编室），010 - 85923020（发行部）

网　　址：http：//www. clapnet. cn　　http：//www. claplus. cn

E - mail：clap@ clapnet. cn　　hus@ clapnet. cn

印　　刷：三河市华东印刷有限公司

装　　订：三河市华东印刷有限公司

法律顾问：北京天驰君泰律师事务所徐波律师

本书如有破损、缺页、装订错误，请与本社联系调换

开　　本：710×1000　　　　　　　1/16

字　　数：305 千字　　　　　　　印　张：17.5

版　　次：2018 年 1 月第 1 版　　印　次：2018 年 1 月第 1 次印刷

书　　号：ISBN 978 - 7 - 5190 - 2832 - 9

定　　价：52.00 元

前　言

如果从"楚灭陈，下焦邑，筑谯城"算起，正是春秋五霸互露峥嵘的岁月，距今已有三千七百多年历史。

作为连接黄河与淮河的重要枢纽，涡河文化，参与了黄河文明对中华文化的缔造，涡河，无疑是华夏文明的摇篮之一。座落在涡河上的谯城，曾经三为国都——汤都亳，魏设都于谯，小明王"大宋"都亳；曾经历为重镇。谯、亳之名，多次转换。良风厚土，蕴育了文明，亦滋长了文学，从"八斗之才"曹植被奉为谯亳文学泰斗之后，才人辈出，不胜枚举，在华夏文学天宇上，星辉屡现，璀璨史书。

继承和发展，历来是文学艺术的叶脉；灿烂的文明，是火把，把薪火递下去，是传承。

在"十三五"开局之际，谯城区文联、区作家协会和各文艺团体，不甘平庸，以发展经济的急迫感，共同编辑了这套《谯城文艺丛书》，集中展现了谯城当代文学艺术界的阵容和成就，有选自建国以来谯城著名老作家的散文，有当代谯城作家的担当用心之作；有书法绘画作品；有民间曲艺的茁壮身姿；有民间故事、歌谣吟唱的史诗；有民间的艺术积淀；有折射社会生活的摄影镜像……，这些作品，基调昂扬，主题鲜明，既有丰沛的艺术元素，又激荡着社会良俗的主旋律，是谯城文学艺术的佳作代表。

由于时间紧迫，编选工作未能尽善尽美，留有很多缺憾，或者存在一些失误，这些，都留给时间检验和方家批评吧。

编　者
2016 年 12 月

目　录
CONTENTS

安徽检察预防行

（群口音乐快板）牛守进

［音乐声中，甲、乙、丙、丁四人打着竹板上场——］

合唱：　　竹板打，响连声，

　　　　　俺给大家鞠个躬。

　　　　　大家光临俺欢迎，

　　　　　唱一唱，安徽检察预防行。

甲：（诵）在中共十八大精神和习主席一系列重要讲话精神的指引下，在中共安徽省委的坚强领导下，安徽省人民检察院在全省范围内开展了"安徽检察预防行"活动。

乙：（诵）活动从今年4月1日开始至明年1月30日结束，坚持属地管理、分级负责的原则。

丙：活动要求省、市、县三级检察机关全面推动预防职务犯罪。

丁：亳州检察官全员行动，进机关、进企业、进乡村、进项目、进党校、进媒体。

合：努力促进全市惩防腐败体系建设。

甲：　　（唱）　安徽检察预防行，

　　　　　　　雷厉风行气势宏。

　　　　　　　全省上下齐响应，

　　　　　　　检察干警打冲锋！

乙：　　（唱）　领导亲临第一线，

　　　　　　　哪有难点哪里站。

　　　　　　　调查研究亲实践，

　　　　　　　指挥大家来作战。

丙：　　（唱）　亳州检察显精神

　　　　　　　坚守岗位负责任。

牢记行为"六不准"，
廉洁自律正己身。

丁：　（唱）作风过硬的检察官，
党的重托担在肩。
"四大领域"是重点，
肃扫阴霾防在先。

合：　（唱）对对对，肃扫阴霾防在先。

甲：　（唱）警示教育须在前，
广泛深入来宣传。
针对问题重点讲，
击中要害心胆寒。

乙：　（唱）警示宣传要广泛，
消除死角铺全面。
家喻户晓入人心，
职务犯罪齐防范。

丙：　（唱）宣传要有趣味性，
发挥艺术多功能。
寓教于乐人喜爱，
教育效果更生动。

丁：　（唱）党校、职校是基地，
官员集中来学习。
预防犯罪系统讲，
警示教育最便利。

合：　（唱）好好好，警示教育最便利。

甲：　（唱）安徽检察预防行，
重点领域主动攻。
廉洁政府建设好，
执政为民风气正。

乙：　（唱）国有企业规模大，
资金流失需关闸。
监管制度要健全，

　　　　　　　　严防犯罪频频发。

丙：　（唱）征地拆迁是重点，
　　　　　　　投标招标有机玄。
　　　　　　　权钱交易暗操作，
　　　　　　　以权谋私要防范。

丁：　（唱）医药食品保安全，
　　　　　　　社会保险需监管。
　　　　　　　教育就业要公平，
　　　　　　　涉农资金防风险。

合：　（唱）对对对，涉农资金防风险！

甲：　（唱）警示教育入人心，
　　　　　　　防范措施需紧跟。
　　　　　　　廉政风险常分析，
　　　　　　　监管制度要创新。

乙：　（唱）企业收支大笔钱，
　　　　　　　规章制度要健全。
　　　　　　　堵塞漏洞讲节俭，
　　　　　　　奢侈之风杜绝完。

丙：　（唱）职务犯罪有诀窍，
　　　　　　　知情举报很重要。
　　　　　　　举报线索严管理，
　　　　　　　网络举报规范好。

丁：　（唱）职务犯罪多方面，
　　　　　　　发动群众是关键。
　　　　　　　群策群力筑防线，
　　　　　　　打赢一场阻击战。

合：　（合）干干干！打赢一场阻击战。

甲：　（合）预防警示非万能，
　　　　　　　彻查严办要同行。
　　　　　　　大案要案危害重，
　　　　　　　挂牌督办不放松。

乙：　　（合）"老虎""苍蝇"一齐打，

官职大小一样抓。

知法犯法要严查，

徇私枉法加刑罚！

丙：　　（合）惩防并举法严明，

执法公正又公平。

反腐倡廉守法纪，

职务犯罪受控制。

丁：　　（合）安徽检察预防行，

史无前例第一通。

法制创新净环境，

亳州检察立新功！

合：　　（唱）耶耶耶！亳州检察立新功！

甲、乙：（合）党中央，真英明，

"依法治国"做决定。

安徽检察预防行，

紧跟形势战旗红。

丙、丁：（合）依法治国春潮涌，

法律面前人平等。

经济发展热腾腾，

弊绝风清民安宁！

四人合重：经济发展热腾腾，

弊绝风清民安宁！

注：导演可根据每单元内容设计动作、造型。

（谯城区梆剧团演员演出）

不是亲人胜过亲人

(琴书)许美玲

唱个小伙温尚文，
亳州大地名声振。
大家要问咋回事儿，
你听我慢慢说原因。
那天尚文看病回家转，
张店集遇见一老人。
他看到老人走路很艰难，
走上前去问原因！
老人今年七十四，
无儿无女是孤身。
名字就叫韩子连，
原来是本镇五保一老人。
尚文得知情况后，
开始供养这老人。
送饭洗衣天天去，
看病煎药水热身。
老人激动得流眼泪，
真是一个活雷锋，
更是俺的好孙孙。
自从尚文入学后，
爸妈接着供养这老人。
到后来干脆把老人接家中，
和长辈亲人一样亲。

老人年幼时家境穷，
多种疾病缠着身。
到了冬天就犯病，
经常住院治病根。
尚文假期里多照顾，
平常爸妈带着去问诊。
每次住院来治疗，
彻底痊愈才回村。
在医院尚文端吃又送喝，
昼夜不离老人身。
同房病友齐夸赞，
他真是你的好"孙孙"。
尚文放假把家还，
首先看望这老人。
又捶背来又聊天，
端水盛饭多耐心。
激动得老人流热泪，
真比我的亲人还要亲！
尚文的善举出了名，
村民个个拇指伸！
他和家人真善美，
从始至终一颗心。
多少年来如一日，
热情供养这老人。
尚文是个活雷锋，
一家人都有金子般的心。
温尚文弘扬孝道传佳话，
献爱心无私供养一老人！
这真是和谐社会新风尚，
亳州大地演绎着，
人间特殊的温暖别样的亲！

曹操运兵道传奇

（评词）邢鸣林

话说谯郡城外一段狭长的地段，两侧高中间凹，高处多坟茔，凹处蒿草丛生多白骨，此处就是黑猫洞。

华佗的徒弟鹤儿在黑猫洞寻找药材，大虎在后面追赶鹤儿。

突然，鹤儿掉进一个窟窿里不见了。大虎追过去也跳进了窟窿。

这个窟窿原来是曹操运兵道。

运兵道里一团漆黑。

大虎："鹤儿，跌伤没有？"

鹤儿："没有，大虎哥。"

大虎拉起鹤儿，鹤儿顺势依偎在大虎怀里，大虎连忙抱住鹤儿。

鹤儿："大虎哥，我害怕！"

大虎："鹤儿妹，不怕。"

鹤儿往大虎怀里扎了扎，大虎搂紧了鹤儿，鹤儿微微哆嗦，大虎呼吸加快。

鹤儿："大虎哥！"

大虎："鹤儿妹！"

鹤儿："大虎哥！"

大虎："鹤儿妹！"

鹤儿紧贴大虎的胸脯陶醉在咚咚的心跳里。

大虎抱紧鹤儿的细腰陶醉在浓浓的发香里。

地球停止了转动，天地间只有他们两个。

突然，一阵士兵的操练声把她俩从幸福中惊醒。

大虎、鹤儿顺着操练声往前走，只见远处有微弱的烛光，这是一条狭长的地下通道。

大虎拉着鹤儿的手向前摸索着。突然，地道变窄，只可一人通过，且两侧有耳洞,可站立兵卒,真乃一夫当关,万夫莫开。

操练声越来越近。他们走过一段地道,豁然开朗,有一大厅堂,士兵们正在操练。

大虎:"好家伙,地下运兵道!"

一哨兵发现大虎、鹤儿。"报——发现细作。"

夏侯惇将军:"抓过来!"

四士兵冲大虎、鹤儿杀过来。

大虎、鹤儿退至耳洞内。士兵至,大虎学着"黑虎运爪",左手轻轻一拨那士兵的后脑勺,那士兵踉踉跄跄连跑几步栽了个嘴啃泥。又冲来一士兵,鹤儿来个"白虎运爪",右手只轻轻一拨那士兵的后脑勺,那士兵踉踉跄跄连跑几步也栽了个嘴啃泥。

一连冲过来三八二十四个士兵,都被大虎、鹤儿用"大虎功法"的"老虎运爪"打倒了。这"大虎功法"不仅可健体强身,原来还可以防御强敌。他俩欣慰地想。

一士兵飞报夏侯惇将军:"报——细作凭借耳洞打伤我军二十四名兵卒!"

夏侯惇:"速派兵勇从两头堵死耳洞。"

二十四名兵卒急忙爬起鱼贯而来,他们蜂拥而至,把大虎、鹤儿堵在耳洞中。拉至将军面前,兵勇分别搂住大虎、鹤儿臂膀。

夏侯惇:"大胆细作! 竟敢打探我地下运兵道秘密,推出去斩首!"

突然,大虎来个"黑虎坐洞",将搂他臂膀的兵勇坐倒在地。又来个"饿虎扑食"打倒对面的两个兵勇,顺手夺过一把朴刀杀将起来。只见寒光闪闪,兵卒纷纷后退。

鹤儿同时来个"白虎坐洞",将搂她臂膀的兵勇坐倒在地。又顺手夺过一把宝剑舞开了,只见她蹦蹦跳跳,左砍右刺,如入无人之地。

大虎、鹤儿杀入狭长的地道岔口,过了岔口恰好有两个耳洞,大虎、鹤儿各躲入耳洞中。

一队兵卒追来。

大虎来个"梅鹿伸腰",一只脚绊住一个兵卒的脚,转身两手一顶那兵卒后背,只见那兵卒失去重心,向前紧跑几步,扑通一声摔倒在地。

第二个兵卒冲了过来,鹤儿来个"梅鹿伸腰",一只脚绊住一个兵卒的脚,转身两手一顶那兵卒后背,只见那兵卒失去重心,向前紧跑几步,扑通一声摔倒在地。

两个兵卒摔得哇哇乱叫。

第三个冲上来、第四个、第五个——

一连冲上来七七四十九个兵卒,大虎、鹤儿只用了五禽戏之"梅鹿伸腰"就把四十九个兵卒打得鼻青眼肿、遍体鳞伤、屁滚尿流。

两个兵卒手持钩镰枪,直冲大虎、鹤儿刺来。大虎、鹤儿躲过枪尖,那兵卒猛然往回一钩,钩住了大虎、鹤儿的衣服,这边的两个兵卒从大虎、鹤儿背后冲了过来,四人死死抓住大虎、鹤儿不放。又拥上几个兵卒,大虎、鹤儿周围布满了兵卒。大虎、鹤儿突然发力,来个"笨熊晃体"把周围的兵卒抖落一地。大虎、鹤儿乘机跳出圈外。

大虎、鹤儿穿过一段地道跑至一个大洞。兵卒鱼贯追至大洞,把大虎、鹤儿团团围住,大虎、鹤儿背靠背迎敌。

兵卒们各手持朴刀,杀声雷动。

大虎、鹤儿四目圆睁,在寻找战机。

大虎、鹤儿来个"白猿欢跳",东西南北四面出击,忽前忽后、忽左忽右,鹤儿突然来个"白猿摘桃"击中一兵卒太阳穴,兵卒即刻倒地身亡;大虎突然来个"仙人摘茄",抓住一兵卒下身,"哎哟"一声,那兵卒顿时毙命。

大虎、鹤儿敏捷地从兵卒手中夺过朴刀杀开了,只见寒光闪闪,杀得兵卒东躲西闪、遍体鳞伤、招架不住、鬼哭狼嚎。

大虎、鹤儿乘机冲出包围,却误入一条死胡同。

追兵至,大虎、鹤儿无路可走,只得打回来。

鹤儿来个"白鹤飞翔",纵身跃过人头,脚尖不断点壁,飞了出去。

大虎来个"仙鹤展翅",一跃一跃跳过人群窜出圈外。

兵卒齐声呐喊:"细作跑了!"

这细作武功好生了得!"待我战他几合。"夏侯惇抖动丈二银枪,"哇呀呀——"杀将过来。

大虎、鹤儿刀剑并在一处迎敌,杀了二十个回合未分胜负。夏侯惇越杀越猛,大虎、鹤儿渐渐招架不住。突然,就听"当啷"一声!大虎、鹤儿的刀剑被夏侯惇的银枪碰得山响,大虎、鹤儿的虎口被震得生疼。夏侯惇把银枪抽回,随即又以迅雷不及掩耳之势对准大虎咽喉便刺!

鹤儿:"大虎,当心!"

大虎一偏头,枪尖刺中左臂。夏侯惇上前一步双手用力将大虎压倒,兵勇上前将他捆了。鹤儿挥剑上前营救,早有兵勇一拥而上把她拿了。

"将军,如何处置?"一兵勇喊问。

夏侯惇:"推出去砍了!"

若欲后事如何,且听下回分解。

车为媒

（快书）张学民

中秋佳节好天气　　　　街上行人笑嘻嘻
有位英俊青年人　　　　骑辆飞鸽新车子
兴高采烈正行走　　　　一看车码才着急
原来车子推错了　　　　这车并不是他的
他的车码是0405379　　这车码是0405487
才卖一头大肥猪　　　　猪钱才够一千七
唯恐把钱丢失掉　　　　全部藏在车把里
丢失车子不当紧　　　　三头肥猪也化灰
别人的新车我推走　　　　失主着急我缺德
人家要来寻车子　　　　我竟成了偷车贼
这才慌张找失主　　　　再说失主她是谁
原来是位大姑娘　　　　丢车心中正着急
年方大约二十岁　　　　个头不高也不低
一头青丝如墨染　　　　不擦发油亮漆漆
漫长脸柳叶眉　　　　　二目朗朗有精力
开口笑语耐寻味　　　　两行银牙排得齐
姑娘盯着车子看　　　　冲着青年笑嘻嘻
姑娘有语叫大哥　　　　俺把实话向恁提
俺刚才来到商场买东西　　慌手慌脚心着急
来时骑辆新车子　　　　回去忘记没有骑
车号是0405379　　　 此时就在俺手里
青年就说好好好　　　　你的车子俺还你
俺骑的车也是新车子　　车号码是0405487

现金一千七百块　　　赶城来买电视机
俺的车子无影踪　　　现金藏在车把里
姑娘闻听一席话　　　心中辗转犯犹疑
青年原是好心人　　　丢失车子难回去
我有心骑车把他送　　可家中还有客人等
不如请他到俺家　　　请他陪伴客人吃酒席
满面春风笑嘻嘻　　　叫声大哥莫迟疑
俺家就在附近住　　　请你去到俺家里
真心请你坐一会儿　　你若不去俺不依
请到俺家喝杯茶　　　请你千万别客气
姑娘一片诚心意　　　青年不好再推辞
到家中姑娘的爹娘正忙碌　准备着招待客人摆酒席
客人就是姑娘的未婚夫　　名字就叫靳如意
如意各样都排气　　　可就是难改偷盗坏脾气
今天中秋送节礼　　　各色礼品样样齐
路过商场大门口　　　停辆飞鸽新车子
一看车子没落锁　　　顺手牵羊先骑骑
如意心里真甜蜜　　　哪管偷车倒霉的
青年进院细打量　　　发现车子在院里
当场就把车子认　　　这才急坏了靳如意
先发制人发了火　　　冲着青年发脾气
你这无赖不讲理　　　咋说这车子是你的
龟孙孩子认识你　　　谁知你家住哪里
你血口喷人悔赖我　　看我可能轻饶你
青年说我家住在谯东镇　名字就叫李成义
铜关文明小康村　　　常年都做粉皮子
这是我的购车票　　　猪钱还在车把里
青年取出钱来看　　　不多不少一千七
铁证如山难申辩　　　姑娘恼怒发脾气
怒骂靳贼赶快滚　　　看谁还能嫁给你
如意被赶遭没趣　　　酒席招待李成义

李成义还没找对象　　到后来他和姑娘结了亲
我劝恁没结婚的小伙子　　可千万不要想巧占便宜
你只要热爱劳动品德好　　爱神自然会找你

吃膏药

(唱词)邢鸣林

涡河流水传奇观，
开天辟地不曾见。
卖膏药的吃膏药，
诸位不知听俺谈．
叫同志都往正西看，
大路上来了一青年。
观年纪倒有二十七八岁
穿了一身破衣衫，
头发长得像毛贼，
眼睛红得如蜡碗；
脸儿瘦得赛刀条，
嘴巴尖得能掏磨眼。
他就是卖膏药的任清一，
你看他一步四指好心酸。
若问清一难为啥？
他想起整整二年前。
那一天两口子闹气把家离，
东游西荡摆地摊。
自熬膏药街头卖，
一天收入块把钱。
进不起饭店把干馍啃，
住不起旅社就住车站。
前几天二叔捎来信儿，

劝他收心回家园。
二叔说如今实行责任制，
生产不像前二年。
种烟叶哪户不收千把块，
再不是分值只有七厘三。
任清一半信半疑回家转，
转回家来去看看。
要是好了留家里，
要是不好再溜圈。
任清一思思想想往前走，
不觉来到家门前。
院子里母鸡下蛋咯咯叫，
猪圈里一窝小猪乱撒欢。
任清一急忙推门把屋进，
脚踏门槛愣了眼。
方桌条几太师椅，
明晃晃的耀人眼。
桌上放台收音机，
大红绸子蒙上边。
东间里大站柜来小柜站，
件件家具新崭崭。
西间里大囤尖来小囤流，
缝纫机放在窗台边。
昔日里穷家破院哪儿去了？
难道摸进别人家里面？
任清一拔腿往外走，
迎头碰见妻爱莲。
爱莲一见流浪汉，
又是喜来又是烦。
想起清一不正混，
爱莲作了不少难。

想起清一把俺打。

如今还觉鼻子酸。

再看看那身开花袄，

爱莲不由心一寒。

那一回生气不怪他，

还不是为了二两白干钱。

他说来客该装酒，

我说还是先称盐。

这就叫人穷闲生气，

搁今天弄瓶古井贡酒也不犯难。

今天丈夫回家门，

定是外面不挣钱。

俺不如乘机劝劝他，

假装生气把脸翻。

清一一见忙赔笑，

爱莲开口没好言：

你不在外头卖膏药，

家中哪有打酒钱？

说着动手往外撵，

抓起包袱扔当院。

清一退到天井里，

拾起包袱泪涟涟：

叫声爱莲原谅我，

咱们夫妻好几年。

从今后我再也不去卖膏药，

在家里帮你喂猪放羊刷锅扫地拾鸡蛋。

爱莲说：你说天好我不信，

男人你没有好心肝！

清一说：你再不信我赌咒，

我死也不离咱家园。

清一说死就要死，

爱莲她站在门旁仔细观,

任清一哭哭啼啼打开小包袱,

拿起膏药一大卷。

抓着就往嘴里送,

大口小口吃得欢。

爱莲一见心害怕,

脸色蜡黄打颤颤,

叫声清一莫当真,

刚才是我戏你玩。

要是饿了等一等,

我这就给你炒肉焖米饭。

怎么能服毒吃膏药?

我赶快把你送医院。

爱莲急忙去叫人,

任清一伸手揪住花衣衫。

叫声爱莲莫害怕,

俺是跟你闹着玩。

这膏药本是江米糖稀熬,

吃了它去包责任田。

打公公

（五马琴书）李心清　刘建中

新媳妇,如发疯,

拎棍要打老公公。

那老头儿吓得浑身抖,

恨不能找个地缝钻窟窿。

可惜地上没有缝儿,

他只好,点头哈腰苦求情:

乖孩子,

要打我你可别使大劲儿,

使大劲儿累你胳膊痛。

新媳妇,眼一瞪,

你老头儿别跟我装吃怔。

东南角二亩低洼地,

你三天给我挖成坑。

水深得有一丈二,

得养上,尺把长的鲤鱼乱扑棱。

挖不成别想吃上饭,

饿了就喝西北风。

老头儿一听直咧嘴,

乖孩子,

你这个任务我完不成。

人到老来没有用,

我不是三四十岁正年轻。

腰也酸,腿也疼,

两眼发花头也懵。
完不成任务不管饭，
干脆说，你算是给我判死刑。
新媳妇气得一噘嘴，
鼻子一皱哼一声。
老黄忠七老八十定军山，
佘太君一百多岁还出征。
你五十郎当算啥老？
分明是想跟我磨洋工！
这也酸，那也疼，
是不是牛不识号儿——挨得轻？
老头儿一听发了火，
乖乖哩，
才娶的媳妇儿想成精！
我把儿领大可容易？
费心费力又担惊。
人家养儿防备老，
我养儿图喝西北风？
虐待老人是犯罪，
信不信，恼了我拉你上法庭！
新媳妇扭脸偷偷笑，
你还知道上法庭？
俺奶奶七十三岁老不老，
腰可酸，腿可疼，
眼可花，头可懵，
当初养你可容易，
是不是操心费力又担惊？
人老体弱不想动，
成天价被你支使得不安生。
你常说，老黄忠七老八十定军山，
佘太君一百多岁还出征，

老人家还没喘口气儿，
你叫她去喝西北风。
这就是，房檐滴水往下掉，
新水点儿砸那旧水坑。
老头儿听得光咧嘴，
两眼愣怔几愣怔。
孩子啊，
我若再那样儿对待恁奶奶，
你拎棍狠打莫留情！

（表演者　袁建芳）

大山抓阄

（唱词）李绍义

丁村村长丁大山，

娶个媳妇王美兰。

结婚已经五年整，

未生一女并一男。

大山说:"晚生晚育要带头，

干部不能落后边！"

美兰先前还听这个话，

后来就有点不耐烦:

"我今年已有二十八，

晚生晚育到哪年?"

她一烦不吃避孕药，

没多久,肚里边就蹬爪蹬爪乱动弹(啦)！

（白）有喜啦

美兰少不得对她丈夫说，

还暗暗做了些小衣衫。

大山知道了这个事儿，

心里也是很喜欢。

可是他喜着喜着皱了眉，

有件事儿犯了难:

这一年,村里准生仨婴儿，

现如今,孕妇已是一加三！

张有发爱人三十岁，

晚婚头胎没话谈;

周治田老婆三十五，
以前有病怀孕难，
去年康复身体好，
怀中有喜已半年；
孙大炮虽说才二十五，
却是一个"鬼不缠"，
他老婆跟他是同岁，
论生辰比他还大三天。
本打算这三人三个准生证，
谁知道自己爱人又添麻烦。
美兰虽已二十八，
再迟一年也不算晚。
他劝美兰明年生，
哪知道美兰却哭得泪涟涟。
都是晚婚又晚育，
你说叫谁甩一边？
大山低头有主意，
他和美兰细商谈：
"美兰呀，常言说'妻贤夫祸少，
这事别叫我太作难！
咱四家干脆来抓阄，
抓着抓不着命里摊！"
美兰迟疑半晌方答应，
眼望着大山把头点。
紧接着大山串了三家门，
不一会儿，来了三个男子汉。
张有发，周治田，
还有一个"鬼不缠"。
大山把话说明白，
做了四个小纸团：
三个"产"一个"不"，

团好放在桌上边。

大山顺手抓一个，

把脸转向仁青年。

"好啦，咱们一人抓一个，

产与不产命里摊！"

哪知道"鬼不缠"一见气炸了肺，

用手一指丁大山：

（白）"大山！"

大家选你当村长，

总觉你比别人强仁钱。

谁知道你鼻子大想压嘴，

把俺看作傻瓜蛋！

自己做阄自先抓，

哥们儿也不嫌脸难看！

（白）"放下！"

美兰一听忙搭腔，

骂声大炮"鬼不缠"

"俺南跑北奔心操碎，

没占过公家一分钱。

这点小事你还放炮，

难道说当干部就该瞎包蛋！"

（白）大山说："别吵了！"

"当干部就有这点小权力，

今天就得这么办！"

（白）"大山！"

"恁两口一唱一和不害臊，

我大炮也不怕抓破脸！

告诉你，别的事情我能让，

这件事儿莫扯淡！

这四个阄，别说你抓第一个，

第二、第三也不管！

这点规矩都不懂，
做阄哪有先抓的权?"
大山说："有意见事后你再提，
赶快抓阄莫拖延!"
孙大炮见他拿官势，
伸手抓住他的拳:
(白)"松开!"
"我就要你这一个，
桌上那仨任你挑!"
这时候，有发、治田见吵闹，
一起来劝"鬼不缠":
"兄弟呀，你不如就听大山的话，
他可从来不骗咱!"
大炮说："他从前公道我承情，
今天作假也不沾!
我发誓就要这一个，
摊着不产就不产!"
大山说："今天这事儿难由你!"
大炮说："要不然我把你手掰断!"
他说着拼上全身的劲儿，
抢过来那个小纸团。
大山手指被扭伤，
大炮心里蜜样甜:
"是孬是好我就要这个，
大丈夫做事不寒战!"
他说着展开阄来看，
哎呀呀，可坏了，
一个"不"字写得端!
他忙把那三个都展开，
一连仨字:产、产、产!
(白)呀，这是怎么回事呢?

24

大炮心里暗思量：
难道他胳膊肘故意往外弯？
呀，原来大山又让人，
故意抓阄把眼瞒！
我大炮有眼不识金镶玉，
还不讲意思吵得欢！
人都能先人而后己，
我怎能叫小麦熟在大麦前！
他越想越觉得心有愧，
无地自容在人前。
他叫了声山哥、美兰嫂，
又叫了声有发和治田。
"晚婚晚育人人都有份，
我不能老做'鬼不缠'！
今天我就去医院，
给我的爱人去流产。"

多字歌

（表演唱）张绳初

锣鼓一打点子多啊,点子多,叫声同志哟!

锣鼓一打点子多,请同志们这边坐,

听俺唱唱多呀么多字歌。

多字歌,多字多,句句唱的都是多,

声声赞美俺的家乡魏武故里美景多,叫一声俺的同志哟!

锣鼓一打点子多哟点子多,叫声同志哟!

锣鼓一打点子多,一人开口众人和,

听俺赞美家乡的名胜多。

花戏楼,戏文多,杏花村里杏花多;

运兵道,神秘多,问礼巷里文章多;

华祖庵,妙方多,老子殿里故事多;

木兰祠,传说多,古井里面传奇多。

千古名胜,招引四海观光寻古的游人多,叫一声俺的同志哟!

多字歌,声声震四海,

多字歌,声声永不落。

多字歌唤起大呀么大发展。

多字歌,唱出新呀么新面貌。

锣鼓一打点子多哟点子多,叫声同志哟!

锣鼓一打点子多,

一人开口众人和,

听俺赞美古都的变化多。

魏武大道,新楼多,产业园区工厂多;

大药行,药材多,农贸市场特产多;

遍地里,泡桐多,十里酒乡金牌多;

涡河岸,芍花多,核桃林场核桃多;

长寿之乡,百岁老人多,五世同堂欢乐多;

魏武广场,跳舞的多,练五禽戏的人群多;

城里城外,剪纸的多,能写善画的人更多;

武术之乡,高手多,二夹弦剧团新戏多;

大班会,出彩多,逗得大家笑声多;

幸福亳州,好事多,和和美美幸福多。

活力亳州,干劲多,高楼大厦层层多。

美丽亳州,美丽多,物华天宝美景多。

城乡处处歌声多,同唱一首多字歌,

同唱一首多——字——歌!

躲也白搭

（山东快书）方显军

随份子往礼歪风刮，
特别是工薪阶层个个怕。
据听说单位里五一间儿婚女嫁店开业，
再加上剃小辫祝寿有六家。
二花她一算要掏千把块，
"小马，咱不如带着儿子回老家。"
小马说："中，反正咱也不欠谁家礼，
躲乡里谁总不能往回抓。"
可跟儿子一说他不同意，
"爸、妈，我趁长假要做作业学画画呢！"
小马说："行，佳佳他今年已经十二岁，
会自做吃喝能看家。"
二花说："你在家进屋要把门关紧，
谁叫门你千万不开别理他。"
他夫妇提前请假安排好，
坐上长途就出发，
下了车就听见唢呐高歌礼炮响，
原来是，堂哥的孙子把"周抓"。
他堂嫂上前拉住直寒暄，
"大老远，恁咋还亲自回趟家？"
无奈何往上现金二百块，
到夜晚，才见爹娘把话拉。
第二天，他二爷去世三周年，

他两口还得往礼把钱拿。

第三天,二花一气回了城,

小佳佳见面直把脾气耍。

我一夜接了电话七八个,

都是恁同事请客把帖下。

恁回老家也不把钱交给我,

为往礼我在家里抓了瞎。

我把咱柜子皮箱都找遍,

才翻出定期存折一千八。

我查询请客的电话找住址,

到上午才跑完城南城北整六家。

每一家我都入柜二百元,

他们都夸恁儿佳佳已长大。

二花她听儿子前后讲一遍,

气得脸色铁青拨电话。

"小马,你接罢电话快回来,

家里事儿恁儿子统统解决啦。"

"二花呀,我这两天回不去,

明天咱姑的闺女要出嫁,

后天是,咱舅死十年立碑祭,

我不去,怎对起咱的亲娘和舅妈?

你快把那定期存款取出来,

送来五百还咱爸。

甭忘了,多拿一百做路费,

要不然,我可没法回咱家。"

二花一听"砰"的一声挂电话,

鼻子一酸闪泪花。

"这每月工资花干没节余,

佳佳他考初中再交学费指望啥?"

随份子往礼遍城乡,

再躲再藏也白搭。

恩怨合同

(对口琴书)方显军

合:路灯明亮如长龙

　　大街上走来了下晚自习的女学生。

甲:张晓兵我骑着车子回家转,

乙:我站在树影里连把闺女叫几声。

　　"兵兵,兵兵! 兵兵——"

甲:"兵兵?"

　　那个拾破烂的把我叫,

　　准是个穷酸流氓丧门星。

乙:"兵兵、兵兵,我是你的爹爹呀,

　　难道你连我的声音也听不清?"

甲:"我是你的姑奶奶!"

　　看起来他是一个神经病,

　　兵兵我跨上车子赶紧走。

乙:我抓住机会不放松。

　　"兵兵,我真是你的亲爹爹,

　　我名字就叫张汉卿。"

甲:我停下脚步仔细看,

　　"啊! 真是那老不死的害人精。

　　你不是判刑七年去坐牢吗?

　　是不是越狱逃跑出了笼?

　　要那样你赶紧回到监狱去,

　　彻底改造净魂灵。"

乙:"闺女呀,因我在白湖农场表现好,

狱领导提前释放我回家中。"

甲:"嗷,要回家你就回家去,

你家里不是有娇艳勾魂的小妖精?"

乙:"唉! 我的闺女呀,人家出监有人接,

我出狱没见一人把我等。

我回家想见你奶恁搬了家,

见你娘还不知她容不容?

你后妈她早就把我房子卖,

现在她跑得无影又无踪。

我只好趁着天黑把你找,

你要帮我想想办法说说情。"

甲:"哼! 你曾几何时的大局长,

呼风唤雨谁不把你话来听?

发包工程你收的钱财都在哪儿?

索贿受贿,你的存款数不清。

你心里只有你那个小媳妇,

从不想俺的娘和咱家庭,

俺的奶奶你亲娘,

还有俺,你亲生的女儿张晓兵。

叫我看,政府早该要你命,

你咋有脸叫我晓兵去通融?"

合:他爷儿俩树影下言来语去咱不表,

俺要唱绣花厂里工人刺绣忙不停。

乙:一女工,正绣桐花玫瑰紫,

挥皮鞭赶牛羊一旁站着小牧童;

甲:一女工,在绣牡丹富贵图,

那牡丹国色天姿还趴着一对小蜜蜂;

乙:一女工,绣的荷花多娇美,

荷叶下一对鸳鸯戏水中;

甲:工人们绣芍花、绣菊花,

飞针走线笑盈盈。

都夸那巧玲厂长会领导，

给她们下岗女工当先锋。

乙:冯厂长就是那张晓兵的亲生娘，

张汉卿结发妻子冯巧玲。

冯巧玲心灵手巧人善良，

家里家外能干不一般。

甲:与张汉卿二十年前把亲成。

他二人结婚后夫妻恩爱干工作，

又敬老又抚幼家庭生活乐融融。

可自从张汉卿当上局长掌实权，

夫妻关系慢慢走入冰窟窿。

五年前,巧玲她上班的工厂倒了闭，

她只好下岗回家卖烧饼。

张汉卿怕丢脸面寻新欢，

从此后不再搭理冯巧玲。

区政府"阳光工程"办得好，

她去学编织绣花仨月整。

三个月后她废寝望食把花绣，

与服装厂计件绣花签合同。

下岗的姐妹们见她刺绣技术好，

都跟她学习绣花把钱挣。

街道办老主任发现多鼓励，

下决心支持这帮下岗工。

姐妹们踊跃参与把款捐，

区领导批厂址、拨贷款、免费颁发"许可证"。

冯巧玲以身作则抓生产，

仅三年全区全市出了名。

产值利税连年翻，

被誉为"艰苦创业排头兵"。

前不久,她开发的座椅背垫工艺新，

广泛用于轿车子客船和航空。

国内外经销客商都看好，
广交会纷纷预约把贷订。
在香港一次订出百万套，
工人们闻听劲倍增。
冯巧玲回厂筹款备齐料，
各车间落实指标巧分工。
检查验收标准细，
奖惩包装都讲明。
回家去把婆母的脏衣床单洗一遍，
她这才到办公室里放会儿松。
冯巧玲办公桌前刚坐下，
走来了她的女儿张晓兵。

乙：后跟着剪了头、洗了澡、粘着胡子戴墨镜、
低头哈腰、胆战心惊的张汉卿。
张汉卿进门后坐到一旁沙发上，
张晓兵连把亲娘叫几声。
"俺娘你，可是任务压头心事重，
还是想给我选后爹把亲成？"

甲："这丫头，开玩笑你咋不分老和少？
我恼上来真打你这捣包虫！"

乙："娘，你厂不是缺人手吗？
难道说，我帮你找着送来还不行？"

白："请到翻译了？"

白："发展好了呀，还可能是贴身秘书呢！"

白："少贫嘴——在哪儿？"

白："长弓，过来。"

白："常工？"

白："噢——他姓长名弓。"

白："我还以为是姓常的工程师呢。
"哪学校的老师？"

白："他过去不老实，现在老实，人家已把他治老实，将来呀他肯定会老实！"

　　"老师就是老师,哪那么多话? 我问是哪校出来的?"

乙:"纪委。"

甲:"纪委?"

乙:"不、不,他说是技校。"

甲:"外语专科?"

乙:"是外遇,当然还有私欲。"

甲:"会俄罗斯语? 那英语、日语也会喽?"

乙:"什么外遇、私欲的,我看你是不想干啦!"

　　"想干……想干……冯总好!"

甲:"晓兵! 他虽然不是你老师,也不能这样呀? 都是跟你爹学的坏毛病!"

乙:"我情愿、我情愿!"

　　"你愿意收下他吗?"

甲:"当然,

　　我这工厂为的是就业再就业,

　　谁来报名都欢迎。

　　他若是绘画设计技术好

　　我让他艺术部里当总工。

　　你若是外语流利会翻译,

　　我保你订货会上显本领。"

　　冯巧玲上前亲切地就要把手握。

乙:张汉卿我心里又慌又喜又是惊。

　　怎么那么巧呀咋恁妙?

　　也不知为什么碰掉了他的大墨镜。

　　冯巧玲一见是前夫张汉卿,

　　一气晕倒在屋当中。

　　张晓兵张汉卿忙把巧玲抬到躺椅上,

　　互相埋怨吵得凶,

　　"都怨你出这个傻主意!"

　　"都怨你逼我来说情!"

甲:我昏沉沉、晕眩眩,

　　那曾想负心的男人到眼前,

几世里欠你的债来结的冤？

偏偏在愈合的伤口撒把盐。

晓兵你，想跟他生活你就去，

为什么变着法地欺骗俺？

他当官为家买过几回米？

他当官为谁添过一件衫？

他当官为谁解过一次忧？

你奶病你问他带谁游水去逛山？

像这样忘恩负义的风流汉，

有了比没有还心寒！

张汉卿你还去喝你的酒！

你还去做你的官！

你还去跳你的舞！

你还去桑拿按摩会红颜！

吃喝嫖赌俺不见，

眼不见来心不烦。

只要中央惩腐败，

我看你还能混几天？

乙："娘，他党籍公职双开除，

早已判刑定七年，

如今他成了孤家寡人流浪汉，

黑夜里借住涵洞把破烂捡。"

甲："好、好，党和政府真英明，

要不然哪有那勤劳之人过的天！"

乙：张汉卿，我颤颤抖抖跪上前，

都怪我鬼迷心窍理太偏。

从今后洗心革面做牛马，

我保证时刻听从你召唤。

你要还是不解气，

脚踢拳打我承担，

你要不打我替你打，

反正我这张老脸不值钱。

张晓兵见爹他噼里啪啦打脸面，

"扑通"跪倒在冯巧玲的脚跟前。

"俺娘你刚才不是也表态，

你看他现在多可怜。

你疼闺女心良善，

还经常帮助别人解疑难。

杀人不过头点地，

你的心胸请再放宽。

为了俺奶咱这个家，

我恳求你抛弃怨恨把旧情念。"

这时候，工人们闻讯也赶到，

都纷纷帮着晓兵把娘劝。

甲：冯巧玲我面对他父女含眼泪，

也只好以观后效提条件。

乙：你可有下岗待业、残疾证？

他无职业，整个心态早已残。

甲：工厂里制度你一条一条可遵守？

乙："我决心带头遵守不违反。"

甲："上下班必须按时守纪律。"

乙："我爱岗敬业不偷懒。"

甲："工人们都确保质量求进度。"

乙："我精益求精任考验。"

甲："你空口无凭啥证据？"

乙："我愿写保证让你看。"

甲："你进厂必须立个军令状。"

乙："我打好印好贴床前。"

甲："我要你打扫卫生刷厕所。"

乙："刷不干净处分俺。"

甲："进厂后不准你摸牌把酒喝。"

乙："我不良嗜好全戒完。"

甲:"我要他工资不领只管干。"

乙:"哪有这道理?"

　　"男人变坏都是因为有了钱?"

甲:"我要你一天必送三遍水,

　　食堂里拉煤烧火带洗碗。

　　我要你打开胸膛晒一晒,

　　再不长毒肠子烂肺黑心肝!

乙:"这这……"

甲:也罢,看大家的面子把你留,

　　就让他去打更放哨把岗站。

　　你要是签订合同倒还算罢,

　　若不签,还回你桥洞捡破烂。

乙:张汉卿,他咬咬牙关签姓名,

　　在场的人虽然鼓掌心也酸。

　　从此后,这打工的工人与老板,

　　一天恨,两天烦,

　　三月以后有话谈,

　　半年后夫妻俩和好如初孝老人,

　　绣花厂改建成"民族工艺品集团"。

　　张晓兵高中毕业去高考,

　　也收到清华大学通知单。

合:这就是浪子回头金不换,

　　冯老总,从省城也领回"再就业标兵"大金匾。

防　线

（小品）牛守进

人物:小莲　二十二岁　严局长家的保姆率真、泼辣

　　　小偷　三十多岁　惯窃　狡黠、油滑

时间:现代　某日上午

地点:严局长家客厅

　　【小莲挎着菜篮,拎着食品等物上。

小莲:保姆小莲,重任在肩。不光买菜做饭,还要坚守防线。您问啥防线?别
　　　急,接着仔细看。

　　【开门,顾不及关门,先把东西送进屋里去了。

　　【小偷鬼头鬼脑上,四下窥视。

小偷:家家上班办事走,正是下手的好时候。这家出门忘上锁,该偷不偷白
　　　不偷。

　　【小偷进门四处寻望,发现沙发后面一个大包,窃喜,拎起就走。

　　【小莲上,见状警觉地大喝一声:"谁?"

　　【小偷一惊,放下包袱,欲逃小莲:(闪身堵住门口)想溜?没那么容易,
　　　站住!

小偷:(推开小莲,夺路欲出)闪开!（被小莲一脚踢翻个跟头）

小莲:咦唏! 还动手动脚哩! 我在武术学校毕业还没试过哩。今天就陪你
　　　练练!

　　【小偷爬起扑上来,二人开打。各种"身段"。最终小偷被小莲打倒。扭
　　　住胳膊,疼得小偷龇牙咧嘴求饶。

小偷:哎哟、哎哟! 小妹妹饶了我吧!

小莲:(松手)说! 是自己主动来的? 还是别人派你来的?

小偷:说啥呢? 干俺这一行,不用别人派,自己主动瞅空子就钻。我看见你家

门开着就进来了。

小莲:哎呀！怪我太大意了！进家时忘了关门。昨天局长叔叔还夸我是警惕
　　性高的小保姆呢。今天就……嘻！你们这种人呀，就像苍蝇一样无孔
　　不入。幸亏我及时发现，差点让你突破了这道防线。

小偷:(松了口气)哦，原来你是这家的保姆呀！常言道，保姆、保姆，只管服
　　务，碰见啥事，假装糊涂。好说，好说。再见(欲走)。

小莲:回来！你要我装糊涂？放屁吹喇叭—咋响(想)的！我是反腐防线的战
　　士，既然被我发现了，你就休想得逞！

小偷:(指包)你看，在这儿，还想怎么样？

小莲:把包拿走！

小偷:(不解)啊？你要我把包拿走？

小莲:包不拿走，你就别想走！

小偷:我要真拿包，还能走得掉吗？

小莲:你要真不拿走包，你人也在这待着吧！(拉张板凳拦着坐)

小偷:(一头雾水，抓耳挠腮。似悟，窃喜！试探地)小妹妹，你的意思是让我
　　把包拿走，咱俩好(做分赃手势)是吧？
　　那太好了！放心，咱哥们够义气，保证咱俩二一添作五。(欲拿包)

小莲:(警觉地)什么二一添作五？你说清楚！

小偷:嘿嘿！明白人还要细说吗？见好分一半，亏不了你！

小莲:噢！你想要我跟你合伙分赃，拉我下水呀?!我、我打你个王八蛋！(追
　　打)我让你坏，让你坏！(打得小偷上蹿下跳)

小偷:(吓得作揖求饶)哎、哎，小妹妹别打了！怪我有眼无珠，不识好人，你就
　　放了我一马吧！

小莲:放你一马？不行！你必须老实交代你的错误。我们严局长说过(模仿
　　局长的腔势)，我说你啊！犯了错误，就要主动老实地交代，争取从宽处
　　理。我们党的政策历来是……

小偷:(紧接)"坦白从宽，抗拒从严;顽抗到底，死路一条。"

小莲:(扑哧一笑)哟！你还懂得不少哩！

小偷:那是。俺在公安局学习，这些我都背熟了！

小莲:俺局长还说过(学局长腔)，"我们党一贯坚持'惩前毖后、治病救人'的
　　方针，要给出路嘛!"说吧，犯什么错误了？

小偷:嘿嘿! 不瞒你说,的确刚从公安局出来,还没犯过啥错误。没想到刚到
　　　这儿就……嘻嘻! 真的。

小莲:(反感)你、你混蛋! 你吃错药了? 你脑子进水了? 你没犯错误,你跑到
　　　监察局长家来送啥礼、行啥贿呀?

小偷:(啼笑皆非)咦唏! 闹了半天,她是把我当成行贿送礼的来了。
　　　这我就不用怕她了,陪她把戏接着演。(装腔作势地)嗯,我说小保姆同
　　　志,实话跟你说吧,刚才我是跟你开个玩笑,试探你的责任心强不强。
　　　其实,我是局长的朋友!

小莲:你是局长的朋友?

小偷:对,是一个战壕的战友! 你怎么能对局长的朋友动手动脚呢?
　　　太过分了! (神气地拉过板凳坐下,跷起二郎腿)

小莲:哟呵! 裤头改背心——上去了。朋友? 你、你是局长的朋友?
　　　你这德性不像啊! 我问你,你既然是严局长的朋友,就该知道他的为
　　　人。(指包)你又何必这样做呢?

小偷:(官腔)我说小保姆同志,官场上的事你是不懂的(指包),这只是点小
　　　意思,更贵重的东西你们局长也是拿过的!

小莲:胡扯! 局长他两袖清风、一尘不染,从来不拿人家一点东西。
　　　他为了拒绝有人到他家行贿送礼,还在家里设了反腐防线!
　　　他要我坚守第一道防线,他和夫人固守二道、三道防线来防御廉政风
　　　险。他还说哪道防线出了问题,就追究哪道的责任! 你说,你差点突破
　　　了我的第一道防线,我能轻易放过你吗?

小偷:你不要吓唬我,我有什么你放不过的,我又不是小偷,我是来送礼的。

小莲:不懂了吧,局长说过,行贿送礼比小偷更可恶!

小偷:什么? 行贿比小偷更可恶?

小偷:局长说(学局长腔势):"国家培养一个干部多不容易啊! 一下子让你行
　　　贿给毁了,这损失不是用钱能弥补上的。因此,国家立了法,行贿也是
　　　犯法的,严重的要判刑!"

小偷:行贿送礼要判刑? 妈呀,还不如当小偷便宜哩!

小莲:这样吧,念你跟严局长是朋友,我带你去坦白自首,争取少判你几年刑。

小偷:(害怕)哎哟,白猫钻锅底——越鼓弄越黑了! (欲跑,被小莲抓住)

小莲:哪里跑! 畏罪潜逃,罪加一等! 跟我走!

小偷:(作揖求饶)小妹妹,我坦白、我交代,我、我是小偷。

小莲:啊?(上下打量——笑得前仰后合)哈哈哈! 你、你太有才了! 连小偷都能冒充!

小偷:我没冒充,我就是小偷!

小莲:编,继续编!

小偷:我没编,我就是……

小莲:你再编我也不会相信呀! 刚才你亲口说跟局长是朋友,承认是来送礼行贿的。这一听说行贿比小偷还可恶、逮着要判刑,又想避重就轻说自己是小偷。你脑瓜子转得可真够快的,你太狡猾了! 我这就打电话让监察局来人带你走! (欲打电话)

小偷:(双腿一软,"扑通"跪在地上)别、别,我的好妹妹,不,好姐姐,不,好姑奶奶!

小莲:呀吓! 我有那么老吗?

小偷:我又说错了! 你是年轻、漂亮的好姑奶奶行了吧? 求求你放了我吧!

小莲:放了你? 还没弄清你的真实身份,我能放了你吗?

小偷:我的真实身份就是小偷,"小偷不算贼,逮着只打两皮锤",你已经打我一顿了,就饶了我吧!

小莲:你说你是小偷,有什么证明?

小偷:这,这……(急得抓耳挠腮)拿什么证明我是小偷呢?

小莲:牛犊子叫街——懵门了吧!

小偷:(忽然看见包,眼睛一亮)包,这包……

小莲:这包是你行贿的证据!

小偷:不,这包能证明我是小偷!

小莲:哈哈哈,你说得太玄乎了! 你这包里装的什么玩意儿?

小偷:哎呀! 这包我还没偷到手,就被你抓了个现行,我哪知道里面是什么玩意儿?

小莲:啊?! 你说啥? 这包不是你的?

小偷:这不是你们家的吗?

小莲:俺家的? 笑话! 你又玩……(电话铃响,抓住小偷,接电话)喂,哦,是严局长啊! 严叔叔,我正要向你汇报呢,我刚才抓住一个行贿送礼的。人在这儿呢,他跑不掉!

还有什么？一个大红格子包,捐给灾区的衣被？噢,你昨晚上装好,今早上忘了送民政局？——好,我找找看。(放下电话,找寻)红格子大包——没有呀!

小偷:(主动送上)别找了,就是这个包!

小莲:(迅速打开包一看,全是衣物)啊？原来你真是小偷？

小偷:不是假冒伪劣吧?

小莲:嘻!闹了半天还是一场误会!

小偷:对对,误会、误会,没事、没事……(欲溜走)

小莲:站住!不管你是送礼、行贿的,还是抢劫、盗窃的,我这道反腐、防盗的防线你是突不破的!带上包,跟我到派出所交代去!

小偷:妈呀,完了!(瘫倒在地)

夫妻携手打鬼子

(唱词)张学民

亳州本是武术乡	练武兴国保家邦
昔日孟德曹丞相	独霸中原称魏王
夏侯兄弟武艺强	辅佐曹操是栋梁
花木兰从军保边防	战功盖世美名扬
九一八抗日枪声响	全民皆兵斗志昂
平型关台儿庄	痛歼鬼子日本狼
英雄无数且不唱	唱唱亳州好儿郎
出离西关十里望	有一个村寨大明庄
青年小伙明洪亮	酷爱武术练刀枪
大洪拳小洪拳	八卦掌莲花掌
十三太保横练功	枪刀剑戟都内行
飞檐走壁轻功好	夜行八百飞一样
城西关有位于镖师	绰号飞镖盖三江
膝下小姐独生女	秉性倔强于巧娘
自幼从父苦练武	武艺精湛有胆量
明洪亮于巧娘	以武会友结成双
结婚不到一百天	日寇进村来扫荡
又抓鸡又牵羊	抢财物烧民房
烧杀抢夺活土匪	四处寻找花姑娘
明洪亮院中正练武	于巧娘正在洗衣裳
突然有人闹嚷嚷	一班鬼子进了庄
头目猪头小队长	进大门就看见于巧娘
把他喜得心花放	呦西呦西花姑娘

夫妇一看鬼子到　　　　一纵身跳进堂屋房
二人躲在门后面　　　　拉开架势捉色狼
鬼子队长手端枪　　　　枪头刺刀明晃晃
嘎喽嘎喽往里闯　　　　米西米西花姑娘
鬼子刚把屋门进　　　　夫妇二人脚手忙
下面使上扫裆腿　　　　上面顺手来牵羊
只听扑通一声响　　　　鬼子趴在溜地上
巧娘舞动顶门棍　　　　劈头一砸见阎王
院中两个小鬼子　　　　吓得真魂出顶梁
掉转屁股就想跑　　　　屋里面夫妻二人着了忙
明洪亮施展轻功飞出去　　于巧娘抡棍蹿到院中央
他二人蹿到鬼子身背后　　施展绝技出手如电难躲藏
这一个顶门棍下回老家　　那一个金刚掌下找老娘
夫妻俩智歼三个日本鬼　　在亳州抗战史上谱新章

割不断的亲情

(大鼓)郭修文

唱一个白衣天使李秋萍，
抗非典隔离医院中，
眼看自己生日到，
打电话安置丈夫赵青松：
"青松呀，我今天生日回不去，
你要让爸妈愉快别扫兴。"
青松说："有道是孩生娘辛苦，
有我在你放心值班我会应承。"
说罢话连把电话打，
请过客又油裙一系忙不停。
不一会儿七碟八碗桌上放，
有一生日蛋糕整七层。
头一层百花盛开山河美，
二一层神州大地沐春风，
三一层青松翠柏结连理，
四一层鸾凤和鸣喜气腾，
五一层新笋出土长得壮，
六一层抗非战士建奇功，
都数七层工夫巧，
乐呵呵四位老寿星。
常言说人生都是父母养，
年轻人生日报答养育情。
两边老人都来到，

还有那三生四岁小菁菁。
一堂人高高兴兴落了座，
还留个空位给秋萍。
小菁菁瞅瞅空位不吭气，
哇啦一声哭出声。
菁菁一哭不当紧，
慌坏了爷爷奶奶外婆和外公。
众星拱月把她问：
"有啥说给大人听。"
小菁菁吩吩吃吃开言道：
（白）"奶奶，姥姥，我想妈妈，我要妈妈……"
一句话勾起无限离别情。
但只见奶奶、姥姥抹眼泪，
爷爷、姥爷眼圈红，
赵青松强颜欢笑把女儿劝：
"乖孩子，想妈妈就给妈妈把话通。
菁菁呀，先祝妈妈生日好，
再敬妈妈酒三盅。"
小菁菁按照吩咐打电话，
李秋萍闻听热泪涌：
"你送的蛋糕妈收到，
妈妈谢谢小菁菁。
菁菁呀，这头杯酒妈妈不能喝，
你代妈先敬你爷爷、奶奶、外婆和外公。
爸妈呀，您生儿养儿恩德重，
含辛茹苦多少秋和冬。
五年前我和青松结连理，
又忙坏婆婆和公公。
收干晒湿忙家务，
为儿孙鞍前马后不消停。
常言说好汉不提当年勇，

恁四位老人如今身体多毛病。
饮食起居多注意，
儿不在家恁四位老人多保重。
走路要拣平地走，
上街看准红绿灯。
脱衣起床不要猛，
身上不爽看医生。
自古忠孝难两全，
儿只能为国为民先尽忠。
爸妈呀，请端起儿敬的这杯酒，
一杯酒怎报答天高地厚地厚天高养育情！"
四位老人喝下这杯酒，
菁菁又敬酒二盅。
秋萍说："二杯酒，我不饮，
菁菁呀，转敬你爸爸赵青松。
青松呀，为妻前方把仗打，
在后方你的担子也不轻。
再忙工作别耽误，
下班赶快回家中。
两边老人勤照看，
还要带好小菁菁。
接送孩子要按时，
丢打了孩子可不中。
感谢你关键时刻支持我，
党一声号令我去冲锋。
为了使天下夫妇得团聚，
我代表病人敬你酒一盅。
请你喝下这盅酒，
一盅酒怎表达咱山高水长相知相亲夫妻情。"
赵青松喝下二杯酒，
菁菁又敬酒三盅。

秋萍说:"三杯酒,妈不饮,

妈敬你宝宝小菁菁。"

(白)"菁菁,你听到了吗?"

"听到了,妈,我好想你哟!"

"妈也想你……孩子呀!"

"儿女连心谁不想?

你常在妈妈我睡梦中。

怪只怪非典这个大坏蛋,

它搅乱得千家万户不安宁。

盼只盼非典早战胜,

妈带你逛公园学游泳八达岭上游长城!

愿天下的孩子都幸福。

菁菁呀,你以茶代酒喝一盅,

菁菁请你喝下这一杯,

一杯酒怎表达想你念你疼你爱你母女情!"

小菁菁以茶代酒喝下去,

面前又倒酒三盅。

四位老人齐站起,

对着话机喊秋萍:

"儿呀,你在前方忘生死,

爸妈敬你酒三盅。

一杯酒祝你保重保重多保重,

二杯酒祝咱国泰民安宁,

三杯酒祝福你旗开得胜,

凯旋日咱全家张灯结彩把你迎!"

李秋萍一听心激动,

含泪咽下酒三盅。

三盅酒壮起英雄胆,

战非典齐心协力众志成城不获全胜不收兵!

给你一个微笑

（小品）郭修文

时间:当代

地点:某小区室内

人物:老高,一个严肃得笑纹肌僵硬,哭与笑无异,终于给了你一个微笑的公安人员。简称夫。

秀梅,高妻,简称妻。

[室内陈设简洁明快。妻上。]

妻　　（韵白）同志们哪,俺那口子你不知道,驴上树都不会笑,微笑服务一开展,他五官错位乱了套,等会儿回来,你可得瞅好!

[妻整理内务。夫上。]

夫　　（韵白）唉,多年工作成习惯,微笑服务作了难,单位里练罢回家练(按门铃),请开门!

妻　　（开门)哟,回来了。

夫　　回来了。(接韵白),你看我这微笑甜不甜。

[夫做"微笑"状。]

妻　　街坊四邻,老少爷们! 抱着孩子的姐妹,有高血压、心脏病的老人,闭眼吧! 实在对不住大家,让大家担惊受怕啦!

[夫慌忙关门,又慌忙制止妻。]

夫　　别喊啦! 我求求你,别喊啦! 你这是要把我往死路上逼呀!

[慌乱中险些绊倒。]

妻　　起来,起来,不年不节的,你这是干么?

[搀起夫。]

夫　　秀梅呀,咱也夫妻多年了。常言说,举手不打笑脸人,你不该捅我的肺叶子哪!

妻　　我怎么捅你的肺叶子了？

夫　　难道你没看见我的微笑？

妻　　没看到。

夫　　你再看看。

妻　　（旁白）娘哎，你这要算微笑，我坚信这世界上就没有眼泪没有悲伤了。

夫　　秀梅，你说我这是不是微笑？

妻　　无可奉告。

夫　　难道我这不是微笑？

妻　　有自知之明最好。

夫　　难道这真的不是微笑？

妻　　丢掉幻想，期望值不要太高！

夫　　完了！你和测评小组一个腔调。

妻　　单位搞测评了？

夫　　嗯。

妻　　打了多少分？

夫　　你看着给吧。

妻　　零分！

夫　　你怎么知道！

妻　　群众的眼睛是雪亮的！英雄所见略同，这是真理，谁都知道。不让你倒找分，就是对你客套。我说你们单位领导也真是的，在看守所干得好好的，干吗把你往服务窗口调！是知人善任？开国际玩笑，monkey shine，胡闹！

夫　　是我主动请调，千万别冤枉领导。通过党的群众路线教育实践活动的学习，我的认识有了提高，生活这样多姿多彩，我的表情不该这样单调，我不能总是板着面孔，我希望给世界一个微笑……

妻　　我的妈呀，太感人了！老高，你知道我这辈子最大的遗憾是啥吗？是没有看见你的微笑。记得咱俩第一次见面，你就沉着脸让我不知道咋好。俺不愿意，妈劝我，不会笑好呀，比笑里藏刀可靠。

夫　　孙子都抱出来了，还说这干啥！

妻　　我就是觉得委屈。

夫　　真对不起，但是请你相信，我一定会给你一个甜甜的微笑！

妻　甜甜的不敢奢望,有那么一点意思也好。

夫　理解万岁!还请你临场操作,现场指导!

妻　那我就帮你检查一下零件,鼓捣鼓捣。

夫　Thank you!

妻　别客气。首先你要掌握要领,微笑时嘴角要像一弯新月往上翘,千万不能逆潮流而动大嘴一咧像裤腰。来,笑一下。嘴角向上,嘴角向上。别着急,我来帮你……(用手帮夫矫正口型做微笑状)对,微笑,微笑……左边,右边……(反复矫正,均告失败,渐渐失去耐心,连续上下几次,反复拍打,均恢复原状)坏了!皮肤僵硬,王瘤子的腿,就这样了!

夫　(颓丧地)完了。怎么会这样?

妻　怎么不会这样?!据老辈人讲……

夫　别扯那么远!是谁讲的。

妻　你奶奶。

夫　你奶奶!

妻　我是说咱奶奶。

夫　她老人家咋说?

妻　她老人家说,咱妈怀你的时候,有一次遇见难产……

夫　怎么说话哪!

妻　不!咱妈生你的时候遇上难产,你怀着对新生活的憧憬左冲右突就是迈不过最后一道门槛。正当你愁眉双锁欲哭无泪的时候,白衣战士拿起手术刀,你突然看见寒光一闪,你的嘴角从此定型,好半天才哭叫连天!(学小孩哭),哇,哇,哇……,哇,哇,救命哇,救命哇,哇哇哇……

夫　你损人不损人哪!

妻　不是损人。这第一印象对你来说太深刻了。后来你上学了,读小学、上中学、升大学,每次考"团结、紧张、严肃、活泼"八字校训,你都只能得75分,因为对活泼你天生的过敏,倒是对严肃情有独钟,一天到晚像偷了人家的小鸡,生怕被抓住似的。

夫　……

妻　后来大学毕业分配工作,你哪儿也不去,非要到看守所,说是发挥专长。你一年到头和犯人打交道,动不动就是"你要老实交代!我们的政策是坦白从严,抗拒从宽!"

夫　(忍俊不禁,"笑")哈!

妻　不,是抗拒从宽,坦白从严!

夫　哈哈!

妻　是坦白从宽,抗拒从严!

夫　哈哈哈……

妻　(旁白)俺娘哎!(对夫)我求求你,别笑啦!

夫　你说错了,还不让人笑?谁也不能剥夺我笑的权利,我偏要笑!我笑,哈哈!我笑,哈哈!我笑,喔哈……

妻　老高,你行行好,别笑了行不?

夫　我就要笑!

妻　你真要笑,我也不能剥夺你的权利,我只求你看在咱多年夫妻的份上,提前打个招呼行不?如果你非要痛下杀手的话,那就冲我来!但是,我必须跟你约法三章!一、不准冲孙子笑,吓着了孩子,我跟你没完!二、不准冲着二老"微笑",这可是人命关天!三、不准冲着年轻漂亮的女子微笑,人们以为你动了邪念,是打是罚由你自己承担!

夫　你邪乎个啥!有这么严重吗?

妻　比这严重的还有哪!你就这么往服务窗口一站,吓着了国际友人,引起了国际争端,那可是国际影响啊!

夫　至于那么严重吗……

妻　因此,为了防患于未然,你要当机立断,回看守所看守犯人去!

夫　嘿,你不要隔着门缝看人,把人看扁了!你不要坐着飞机看人,看走眼了!我大老高认准的事情,开弓没有回头箭,世上无难事,只要肯登攀!

妻　你真有那么大的决心?

夫　我是老妈妈跳井——尖脚(坚决)到底!凤鸣岐山,不鸣则已,一鸣惊人。我是王八吃秤砣——

妻　我知道了,铁了心了。(旁白)作践自己!

夫　老婆,你可要帮助我呀!

妻　那是!(旁白)常言说,心病还得心药治,我不妨调调方子试试。(对夫)老高呀,你要学会微笑,首先要撇开烦恼!

夫　　烦恼?

妻　　当年医生挥动手术刀,是为了拨云见日,催生一个生命的嫩芽,白衣天使的大仁大爱,你要感激他(她)。从此,你的生活工作并没受到影响,光奖状就有厚厚的一沓。下班回来呢,你看,我这貌美如花,有一个多么温馨的家!二老身体康泰,退休金够花。小孙子刚刚会爬,咯哇,咯哇,像只蛤蟆。儿子是教坛新星,媳妇是理财行家。你往服务窗口一站,温暖万户千家。来的都是我们的父老兄妹,他们勤劳、智慧、积极、奋发。我们穿的,是他们亲手织造的鞋袜衣帽;我们吃的是他们生产出的五谷杂粮,鸡鸭鱼肉,菠菜豆芽;我们住的是他们添砖加瓦;我们走路,有他们生产的轿车代步,出远门是他们开着飞机、火车送我们到海角天涯。有了他们,中国人的腰包越来越鼓;有了他们,咱们的国家越来越强大;有了他们,美丽的中国梦越来越炫丽;有了他们,我们在睡梦中也会笑掉大牙,哈哈……

　　　　(夫渐渐沉醉其中,妻又不失时机地为其做肌肉按摩,夫居然奇迹般地现出微笑。)

妻　　(欣喜地)看,你会笑了!

夫　　什么?我会笑了?(照镜子)哈哈,我会笑了!我会笑了!谢谢你!(猛然亲吻一下妻子。音乐起,激情迸发地边唱边舞)"你是我的小呀小苹果,怎么爱你都不为多,红红的笑脸温暖了我的心窝,点燃了我心中的火,火火火!"

妻　　哎呀,我太幸福了!这真是春风吹开花万朵,喜见笑容上嘴角!你这具有里程碑意义的微笑,必将载入人生史册!

夫　　如果我又犯了怎么办?

妻　　不要紧!我已做了二手准备!(取道具)看,微笑助力器!来,戴上!(将微笑助力器戴头上,两端有钩,将嘴角钩起,微笑 亮相。)

姑嫂之间

（唱词）李绍义

辣嘴嫂人称"碰塌天"，
他有个小姑叫长兰。
长兰人称"毛毛雨"，
和嫂子的脾气正相反。
这一天长兰下地回家转，
看到厨房已冒烟。
原来是嫂子又在煎油饼，
她先吃了油饼才做饭。
她不占便宜就难过，
这也是她的老习惯。
不一会儿她抹抹油嘴刷刷锅，
把红芋倒在锅里边。
听到长兰已回来，
向着门外一声喊：
（白）"长兰，烧锅！"
长兰坐到锅门口，
嫂子嘴里还不得闲：
一会儿嫌火大，一会儿嫌火小，
一会儿又闲屋里有烟。
紧接着骂了一串"老闺女"，
无非是借题骂长兰。
长兰听惯了这种骂，
一肚子委屈藏间，

如今父母都离世，

没有三女并二男。

一母所生兄妹俩，

按旧规矩只有哥哥"接香烟"。

自己不过是盆刷锅水，

早晚泼出就算完。

回想起本来初中已考取，

硬是嫂子掐了钱。

累死累活不落好，

成天吃她眼角饭！

光想叫她早离门，

一份家业好独占！

从前挨骂都忍住，

现如今，她决定和嫂子把牌摊。

无奈何谈到个人的事，

一朵红云挂腮边：

"嫂嫂呀，我和玉山已谈好，

你看看，这喜期放到啥时间？"

嫂子一听喜上眉：

这盆水终于自己到门槛。

想到此不觉又皱眉：

泼出去怕还得等两年！

"唉，小妹妹，公社干部有规定，

这哪能由我说了算？

男的要到二十五，

女的要到二十三……"

长兰说：现如今颁布了新的婚姻法，

最低年限已放宽：

女的实足二十岁，

男的二十多两年。

嫂子一听心又喜。

一嘴黄牙露外边。

"呀,我说妹妹恁高兴,

原来心里藏蜜罐。

小妹今年二十岁,

这喜事眼下就能办,

妹妹的生日我知道,

就在本月二十三。

依我看,二十四就领结婚证,

二十五就把喜事办。"

长兰说:"不过还有一件事,

得请嫂子来帮办。"

嫂子一听说还有事,

不由眼珠转几转:

自古来闺女出嫁要陪送,

害怕她要高价钱,

你想只陪送"四大件",

她可能偏要"巧十三"!

(白)哎呀呀,这可怎么办呀?"碰塌天"转念一想,咦,有了,你能漫天要价,我就能就地还钱。闹到最后,我叫你落一身破烂!

"长兰妹:《婚姻法》上有规定,

不许买卖和包办。

新婚新办要提倡,

一切事情要从简。

现如今一不兴彩礼,

二不兴陪嫁,

移风易俗才是好青年。

不过也不能让你空身走,

我准备给你置上'四大件':

买上新镰、新锄、新镢头,

再买一把拾粪的锨。

请客送礼都免掉,

吹吹打打更不谈。

免不了几个帮忙的……

我擀上一锅大叶面……"

长兰说:"嫂子这样就是好,

带头推倒老封建。"

"小妹妹还有什么事?

只管说出别为难。"

长兰拨了拨灶下的火,

闪闪火苗映红了脸。

长兰说:"老规矩都是男娶女,

新法也可女娶男……"

嫂子闻听哈哈笑,

直笑得前仰后合腰儿弯,

"男娶女,女娶男,

这个名词真新鲜。

反正都是那么回事,

你咋说咋办我都喜欢。"

长兰说:"嫂嫂这话是真的?

真个赞成女娶男?"

嫂子说:"只要是婚姻法里有规定,

嫂子我句句都照办。"

"嫂嫂呀,我把玉山娶家来,

咱们就一家分两院。

你住南,我住北,

或者是你住北来我住南………"

(白)"什么! 什么!! 什么!!!"

"碰塌天"闻听猛一惊,

额头鼻尖冒冷汗。

眼珠子瞪得鸡蛋大,

只把长兰看半天:

"兰妮子,你想跟哥哥称兄弟,

二一添作五分家产?"

长兰说:"别的家产我都不要,

我就要一个小后院,

玉山家人多房子少,

咱家前后院房子闲一半……"

(白)"呸!"

"碰塌天"顿时变了脸,

牙咬得咯咯吱吱乱叫唤:

"你长得不美想得美,

癞蛤蟆还想吃天鹅蛋!

自古以来承家业,

都是堂堂男子汉,

秃尾巴女的瞎眼馋!

想跟你哥哥争天下,

和块面把你捏成个男子汉!

要不然咱就血拼头,

闹它个天翻地覆鳖反潭!

我'碰塌天'降了多少龙虎豹,

还怕你这个小长兰?"

"碰塌天"说到这里喘口气,

她准备接着骂三天。

再骂上几句难听的,

管教长兰一见她就浑身打寒战,

长兰这个"毛毛雨"

说话声音软绵绵。

她慢声细语叫嫂子,

小板凳递到她面前。

"嫂嫂呀,《婚姻法》上有规定,

男女都有继承权。"

"碰塌天"一听又蹦起,

离地足有三尺三。

"哼,你的嘴就是《婚姻法》?

拐三抹四把我骗!

《婚姻法》要是那个样,

我三头碰死你面前!"

(白)"哎呀呀,那可不能呀!"

"碰塌天"还要往下吵,

忽听有人一声喊。

转脸一看是老队长,

弯腰走到屋里边。

队长说:"你们的戏词我都听完,

矛盾是继承遗产权。

长兰说得非常对,

新《婚姻法》上有条款。"

他说着怀里掏出《婚姻法》,

把有关条文念一遍。

又说道:"按法律你兄妹财产对半分,

只不过长兰不愿意这么办。

她刚才说,别的东西都不要

只要一项房产权,

这是长兰心眼儿好

她体谅哥嫂有困难。

哥嫂也应体贴她,

为她来把喜事办。

完亲后两家两院过日子,

和和乐乐搞生产。

要不然闹到法院里,

吃亏的定是你'碰塌天'!"

"碰塌天"一听傻了眼,

害怕得罪了小长兰。

"长兰呀,这锅我来烧会儿吧,

你也该歇歇喘喘洗把脸。"

长兰早已停了火，

她端掉盆，揭开盖儿，

一锅红芋已烀面。

光棍泪

（琴书）李心清

天上打雷轰隆隆隆，
地上一踩咕嘟嘟嘟，
六月六挨黑下起箭杆子雨，
哭坏了寡汉条子牤牛犊。
没吃饭搬个软床冲门子睡，
雨点子啪啪响直朝屋里扑。
牤牛犊拉拉毛巾被，
盖住自己的光屁股。
哭一声李慧淑，再叫声俺媳妇，
你芳魂在何处，孤独也不孤独？
听人说十二年前你死得好苦，
可知道今儿个又是六月六？
牤牛犊眼泪赛过外面的雨，
"喀嚓嚓"一声炸雷震瓦屋。
又听见门外边"哎呀"一声叫，
"噌"一下，一个人影窜进屋。
进门来一屁股坐到床沿上，
双手捂脸嘤嘤地哭。
牤牛犊有紧无忙抬起头来瞅，
煤油灯下昏昏暗暗看不太清楚。
见那人尺把长的头发遮住脸，
连衣裙浑身上下沾满泥巴珠。
牤牛犊看一眼头放枕头上，

二十四个不在乎。

白:哎我说这位——

你是妖,你是狐?

你可是长虫精变的小媳妇?

前个儿夜里下大雨雷打老槐树,

打死个尺把长的大老鼠。

你若是妖魔鬼怪前来避劫只管对我讲,

牤牛犊死都不怕更不怕吓唬。

那个人朝前探探身,

悲悲切切叫声"犊儿",

莫非你把我忘记了,

也忘了十二年前的六月六?

你忘了,什么人月下和你同散步,

你忘了,什么人灯前和你共看书,

你忘了,什么人和你栽下梧桐树,

你忘了,什么人愿意为你当尼姑?

牤牛犊闻听吃一惊,"嗯隆"忙爬起,

支棱着俩手叫"慧淑"。

白:"慧淑——"

那个人慌忙站起又把脸捂。

又羞又气转身叫牛犊。

站住站住快站住。

动一动我一辈子不进你的屋。

牤牛犊没趣耷拉坐回软床上,

知道了,如今咱阴阳两阻隔,

十二年你的鬼魂才来找我,

我一肚子苦水要倒出。

可怜我牤牛犊从小没父母,

家里头只有一间茅草屋。

没人疼,没人爱,

天开眼,叫我遇上你慧淑。

头一年,正月十六见的面儿,

二一年,二月二照相应允带传书,

第三年,三月三要"年命"打的结婚证,

喜日子看到来年六月六。

怎能忘,咱一同栽下梧桐树,

怎能忘,明月下你给我背"唱书",

怎能忘,满头汗你给我拔火罐,

怎能忘,冻红手你给我补衣服。

我说过非你不娶宁进和尚庙,

你也说非我不嫁情愿当尼姑。

自从咱俩订婚后,

我心里比湿抹布抹得还舒服。

真可恨挨千刀的俺那个老岳父,

不知他发了昏唱的是哪一出。

突然间他跟我要彩礼三百五,

还有四身新衣服,

自行车要"永久",

外加半拉大肥猪。

可怜我孤苦伶仃光棍汉子要啥都没有,

抓不出来借不着急得我蒙头哭。

砍掉头的老丈人乱点鸳鸯谱,

又把你许给拐弯子的二表叔,

二表叔他在大队当干部,

只会斗人不干活懒得像头猪。

气得你哭了三天摸黑儿出门走,

到杭州去找你大姑。

你大姑刚搬家不知住何处,

可叹你走投无路跳进了西子湖。

听凶讯我好像碰上个打老虎。

连天加夜马不停蹄去找你慧淑。

喊你你不应,唤你你不出,

风吹湖水响,暗暗伴我哭。

喉咙喊哑眼泪流干慧淑在何处,

西子湖一湖水我的眼泪流半湖。

我有心投湖死咱同进阴曹府,

风言风语说你被救真的当了尼姑。

我日日想,夜夜盼,

十二年看着相片叫慧淑。

自从土地包到户,

我死去的心灵又复苏。

先赊了一辆破四轮儿,

又换成卡车搞运输。

自从我成了万元户,

多少人给我提亲说媳妇,

九天仙女我不要,一心一意等慧淑。

慧淑慧淑回来吧,回来也享二年福。

才盖的瓦房等你住,

才买的电毯等你铺,

才置的彩电等你看,

才剪的窗花等你糊。

那个人听得浑身抖,

一伸手抱住牤牛犊,

"不准你牛犊说媳妇,

你是我的好丈——"

白:"丈,什么丈?"

"丈,丈,丈,丈——障碍物,

障碍我不能当尼姑。"

"你你你,莫非你当年真没死,

你真是我的李惠淑?"

"多亏了游湖的旅客救了我,

救我出了西子湖,

自从改革开放后,

我就在杭州卖衣服。"

听人说和尚庙里不要你,

我咋舍得削发当尼姑?

因此上,坐火车,换长途,

顶风冒雨找牛犊。

大黑天不怕摔咕噜,

为的是今年赶上六月六。

"十二年,你咋不回家来找我?"

"怕俺爹逼着我嫁给恁表叔。

当初不是要彩礼,

为的是给俺兄弟说媳妇。

俺家里穷得叮当响,

不找你要,那么多东西从哪儿出?"

白:"现在我有现金给你八千五,

随便你要啥衣服。

送你一辆大卡车,

拉上一车大肥猪。"

"算了吧,算了吧,

来来回回瞎捣鼓。

你万儿八千算个啥,

如今我三万五万能拿出。

给我个百货大楼也不要,

就要你牛犊当丈——"

白:"中中中!

我就给你当丈夫,你是我的好媳妇。

刚才你咋不让我起床来?"

"你你你,不害羞,恁大的个子没衣服。"

她"呀"的一声松开手,

这个主儿,光屁股还是光屁股。

果园情

（表演唱）邢鸣林

彩霞姑娘披红装，
黄莺枝头把歌唱。
果园走来小姐妹，
手提竹篮喜洋洋。
一路轻歌一路舞，
载歌载舞心欢畅。

金风送爽人心醉，
果园一片好景象。
酥梨个个吊金钟，
苹果笑脸涂芬芳。
葡萄串串蜜欲滴，
核桃颗颗溢清香。

摘下核桃一篮篮，
采来苹果一筐筐。
馋嘴小妹欲尝鲜，
想起阿哥守边疆。
情哥哥种树流汗水，
果到唇边放回筐。

摘下葡萄送作坊，
摘下酥梨车上装。
葡萄酿酒等哥回，

酥梨捧给哥先尝。

情哥像树妹似果，

树果情深天地长。

和为贵

（五马琴书）李心清

江淮大地舞春风，
亳州阵阵读书声。
国学经典人人爱，
浓浓书香满谯城。
和谐社会共构建，
团结和谐乐融融。
兄弟之间讲和气，
兄爱弟来弟敬兄。
夫妻之间讲和美，
常言家和万事兴。
父子之间讲和顺，
父慈子孝喜盈盈。
婆媳之间讲和睦，
日子越过越兴隆。
邻里之间讲和好，
不争不吵都太平。
生意买卖和为贵，
顾客来了笑脸迎。
一同共事和为首，
互帮互助攀高峰。
公司工厂和为先，
利润年年往上升。
国家之间少争竞，

世界人民爱和平。
社会和谐国昌盛，
市场和谐更繁荣。
和和气气心情好，
平平安安过一生。

兄弟不和常争斗，
三天两头上法庭。
夫妻不和闹离婚，
撇下儿女没人疼。
父子不和外人笑，
丢了脸面坏名声。
婆媳不和家事乱，
四邻八家不安生。
邻里不和不来往，
天灾人祸无照应。
生意不和没钱赚，
买不成来卖不成。
同事不和闹意见，
误了工作误前程。
公司不和要破产，
国际不和起战争。
不和处处不如意，
和字当头事事成。
一团和气受尊敬，
和睦传家好家风。
和谐社会大发展，
和谐人家乐无穷。

侯机灵

（山东快书）方显军

局机关的侯小晶，

人送外号"侯机灵"。

有领导，工作积极又能干，

无人在，懒得像只黑猩猩。

空闲时他专门研究"关系学"，

学会了溜须拍马和奉承。

前不久，局长家喂的小狗拉肚子，

他又请医、又抓药，还送去六盒"络心通"。

（白）那治狗病吗？

这一天，小侯他吃过早饭要上班，

突然间腰里的手机"嘀铃铃"。

"……喂……什么？

去！他住院碍我什么事儿？

是谁病了？你咋不早说呢！"

噢，原来是局长的老爷子生了病。

"……好，我一定去！"

他急忙忙回到家里拿足钱，

不一会儿来到豪华超市中。

先买上糕点罐头好饮料，

又买上名茶名酒名补品。

他这里提提抱抱往外走，

"嘀铃铃"又有人把他的手机来拨通。

"喂，是我……什么，是局长儿子病了？"

那孩子可是局长的宝贝心头肉,

礼物少了可不中。

他折回去又买了"果冻"和"酸奶",

还买上"变形金刚""孙悟空"。

买齐后,迅速赶到大门外,

那手摆得像"抽风"。

"出租车,快、快来帮我把东西装,

去晚了我扣你的执照把车停。"

(白)好家伙!

他坐在车上往前赶,

"嘀铃铃"手机又在腰间鸣。

喂,知道啦,我马上就到……怎么?

不是局长儿子病了吗?

什么? 是局长老爷子——死了?

司机、司机,咱快到丧品店里买花圈,

再买上香烟、帐子和炮仗。

……对、对,局长他年轻有为前途广,

对我可是有恩情。

……唉、唉……

我也是送上花圈再往礼,

礼往少了不相应。

好、好……什么? 什么?

不是局长他爹死啦,是局长……真是局长?

哎呀,局长你咋会得病死呀?

要知道咱俩的关系才疏通。

实盼望你把我亲手提拔。

白:你死啦,你死啦……哎呀呀……哈哈哈!

他突然一百八十度转笑容。

小侯他关上手机哈哈笑,

转回身责令司机把车停。

"司机,快停、快停、你快停,

　　　咱不去买花圈和炮仗啦。
　　　你快把我和礼物送回家，
　　　再送我到局长家里搭灵棚呀。"
　　　同志们，要问这是咋回事儿，
　　　背地里小侯一定能说清。

花打朝新传

（安徽大鼓）郭修文

唱一个姑娘本姓程，
程咬金是她老祖宗。
程咬金当年爱把镜子照，
这姑娘如今也有这习性。
照镜子——
一不为欣赏披肩发似水，
二不为一双杏眼水灵灵，
三不为鼻如悬胆多端正，
四不为人面桃花自来红，
五不为一嘴银牙如糯米，
六不为嘴角含笑有风情，
七不为不胖不瘦瓜子面，
八不为一双酒窝列西东，
九不为杨柳细腰身材好，
十不为服装时髦正流行。
程姑娘对着镜子把气叹，
叹只叹脸上的雀斑损面容，
为雀斑我难圆歌星梦，
为雀斑无缘荧屏当明星，
为雀斑礼仪小组选不上，
为雀斑时装模特当不成，
为雀斑耽误多少好姻缘，
为雀斑常常失眠到二更，

为雀斑大小医院都跑遍，

为雀斑美容院门槛都踩平。

张艺谋深表惋惜落过泪，

毛阿敏也曾因我眼圈红。

（白）"哎呀，太可惜了！"

程姑娘心烦意乱把镜子搁，

闷沉沉又把彩电拧，

猛然间一个福音震耳鼓，

（白）"一抹灵！一抹灵！祛除雀斑，一抹就灵！"

姑娘想我不妨试试行不行，

说话间急急忙忙奔商店。

店老板满面堆笑将她迎，

问声姑娘你买啥？

姑娘说："你这里可有一抹灵？"

老板忙说："有！有！有！

不知姑娘买几瓶？

买一瓶价钱三十块，

买两瓶价钱六十整，

三瓶价钱就是九十块，

买四瓶价格百元留人情。"

姑娘说："东西贵贱无所谓，

不知祛斑灵不灵？"

老板说："姑娘尽管把心放，

我不能缺缺哄哄把你坑。

做生意讲的就是诚和信，

你记准我小店名字叫信诚。"

说话间又把名片送，

"请关照，我姓朝名廷叫朝廷。

日后无效来找我，

一切后果我担承。

到那时你把我左脸先打肿，

接下来将我右脸也打青。
姑娘若还不解气，
踩我几脚我不吭声。"
说罢话笑吟吟接过百元票，
又递过四瓶一抹灵。
程姑娘满面春风回家去，
早涂晚抹不消停。
想不到一瓶下去无效验，
两瓶下去脸发疼，
三瓶下去见白斑，
可不好了医生说得了白癜风！
程姑娘气冲冲去找朝老板，
朝老板一见哼呀哈呀忙应承：
"姑娘呀，我的货肯定没问题，
可能你皮肤过敏不适应。
再不然你的雀斑太特殊，
一抹灵意想不到遇克星。"
（白）"哎呀，这还是个科学难题哩。"
姑娘说道："别胡扯，
我已到有关部门做鉴定。
你卖的分明是假药，
这一切自然你担承。
来来来，我先把你左脸来打肿，
再把你右脸来打青，
这顿揍叫你认识我，
我祖上名叫程愣怔，
七奶奶当年敢把朝堂闹，
花打朝今天我要打朝廷！"
姑娘说罢袖子卷，
有一个小伙喊"暂停"。
姑娘一看是表哥，

表哥说:"我替小妹来摆平。"

说话间挺胸腆肚朝前站,

朝老板一见头发蓿。

但只见小伙身高六尺二,

两眼一瞪赛铜铃,

手掌一伸蒲扇大,

胳膊亚赛铁铸成。

小伙说:"我练过十年铁砂掌,

又练过八年少林功,

开砖如同切豆腐,

碎石好比刀切葱,

正好今天手发痒,

试一试你比石头硬几成。"

说话间电闪雷鸣扇过去,

呜——

霎时刮起一阵风。

朝老板急忙把脸捂,

猛然间小伙巴掌停半空。

姑娘含笑把他拦:

"表哥呀,随便打人可不中。

有理咱到消协去投诉,

消协为咱把腰撑!"

说到这里够一段,

为人要知法明理讲信诚。

花烛夜

（山东快书）王进先　方显军

七月十六天色晚，乌云翻滚变了天。

轰隆一声闷雷响，一场暴雨在眼前。

王晓兰今天出嫁到魏庄，那新郎就是电工魏安全。

晓兰她，送走了闹洞房的老和少，回到屋关上门窗拉窗帘。

打开了床头电灯和空调，又拧开彩色电视把节目看。

哼着小曲把床铺，床单展平抻绒毯，

鸳鸯枕头摆整齐，又用香水甩一遍。

紧接着，对着镜子把妆梳，描眉涂唇文眼线，

喷罢摩丝扑香粉，那小脸，拾掇得又亮又香又好看。

单等着安全回家花烛夜，那心情别提现在有多甜啦！

可是她等到九点不见人，等到十点人不见。

只听"咔嚓"炸雷响，瓢泼大雨下得欢。

那狂风，卷着雨点儿砸门窗，屋里边儿，

"砰"的一声又停电。

王晓兰自幼胆小怕打雷，这时候吓得就趴床上边，

拽上绒毯蒙住头，那身子抽抽缩缩直打战。

"新郎倌呀，魏安全，你咋不来保护俺？

难道你，中午敬酒超了量？还是那远路的客人没送完？

或者是闹洞房的把你哄？专门晾我王晓兰？

要知道今夜晚是咱的花烛夜，为这夜，咱俩已盼整三年。

魏安全呀我把你盼，我一人在屋太孤单。

你在家咱俩同枕共欢乐，你今天不进洞房为哪般？

是不是现在嫌俺长得丑？是不是嫌俺娘家没有钱？

是不是嫌俺文化水平低？还是你有外遇相好瞒着俺？"

又一想，不会呀，他心里始终只有俺晓兰。

曾记得，多少人向他求过爱，安全他婉言谢绝意志坚。

他唾弃那些风骚轻浮女，从不与下贱之女搭一言。

他为人正直守本分，爱岗敬业心良善。

想起两人谈情热恋时，如幕幕电影脑海现。

俺们俩曾手挽手地轧马路，俺们俩曾膀挎膀地逛公园。

天冷时，一件大衣两人披；遇风雨，两人同打一把伞。

他曾向我发过誓，我曾向他立誓言。

他定娶我来我嫁他，白头偕老到百年。

他今天为啥不把洞房进？撇我一人太心寒。

有道是新婚头夜不圆房，婚后夫妻难团圆。

新婚之夜圆了房，夫妻恩爱情无限。

王晓兰越思越想心越怕，满腹委屈起疑团。

鸳鸯枕洒下点点伤心泪，太空被难挡心头午夜寒。

"嘀嗒嗒"，床头闹钟揪心地响，

一秒秒，移向凌晨快一点啦，

她擦擦泪把钟拨回俩小时，

那泪水像窗外雨点儿不间断。

王晓兰蒙蒙眬眬想入睡，突然间，电视响、电灯亮，

电视里正唱豫剧"秦香莲……"

王晓兰心烦意乱关了电视，又抬手拔掉空调电源线。

仔细听，"噔噔噔"有人把楼上，

接着是轻声开门叫"晓兰"。

"晓兰，晓兰，你睡着啦？我是你的魏安全呀。"

王晓兰，脸一沉、眼一翻，给他个脊梁面朝里，

听见装作没听见。

"唉，刚才俺还以为你睡着了呢。

没睡着，没睡着咋不搭理俺？"

王晓兰有气不打一处来，像机枪"嘟嘟嘟"地往外掀：

"你瞧瞧，你看看，现在时间都几点？

你说说哪辈子兴的这规矩,新婚夜新郎可以胡乱窜?

要嫌俺丑你甭娶呀!再找个漂亮小姐另寻欢。"

(白)"嘿嘿嘿嘿……"

"嘿嘿嘿,你不要光耍橡皮脸,

不说清,咱闹到天亮不算完。你若是有啥想法咱离婚,

更不要胡诌瞎扯把俺骗。"

(白)"这说的是啥?亲爱的你看……"

"啊!

你笔挺的婚服哪来的泥?那裤子口袋谁撕烂?

浑身到下都湿透,是不是跟谁打架河里钻?"

"亲爱的呀王晓兰,我从不跟谁打架把嘴拌。

天傍黑,我把咱舅送回家,又送咱姑妈回家园。

恁不巧,天刮大风下暴雨,有辆车撞歪咱庄电线杆。

电线落到树梢上,滋溜滋溜冒白烟。

这棵树"啪嗒啪嗒"直打火,那棵树"哧哧啦啦"弧光闪。

眼看着国家资源在流失,咱魏庄一场灾难在眼前。

我是咱村农电工,安全责任重如山。

我急忙开着三轮去扳电闸,

又找来钢丝绳、紧线机、脚爬子、工具卸横担。

局领导和抢险分队都赶到,齐心协力来救援。

拆了线,把歪倒的线杆扶端正,

又把那,四根电线扎上边。

抢险就要有付出,哪管衣破口袋烂。

沿线路,把旺长的树枝全锯掉,检查无误才送电。

抢时间就是保安全,要不然国家损失难计算。

送上电,我连走带跑回家转,我深知你一人在家太孤单。

我不该离家不说瞒了你,我不该花烛之夜跑外边。

千错万错我的错,请你原谅多包涵。"

魏安全把前因后果讲一遍,

王晓兰激动地扑向魏安全。她上一眼、下一眼,

左一眼、右一眼、前一眼、后一眼,

全身上下看一遍,越看心里越舒坦,

越看安全越可爱,越看安全越可怜。

见安全浑身泥水斑斑挂,就像那一枚枚勋章亮闪闪。

再看他抹了一脸的汗和灰,就像那宝藏经书读不完。

"亲爱的,魏安全,我的老公好心肝,

清路障你咋不叫我一同去? 我也能帮你去扶电线杆。

我不该小肚鸡肠把你怨,我不该门缝里看人理太偏。

你今天回来再晚不算晚,这十二点未到还算今天。

来来来,我帮你脱掉衣裳擦擦脸,再给你熬点姜汤祛祛寒。

你睡下,我来帮你盖被子,顺便再给你点支'红皖烟'。

你给咱魏庄村民送光明,你给咱父老乡亲除隐患。

你避免国家财产不流失,也给咱新婚之夜把彩添。"

他二人四目对视在一起,就像那久别的恋人重相见。

千般理解万般爱,于无声处情无限。

这就是花烛夜里小故事,

为他俩,终身幸福开了端。

(表演者　王进先)

欢迎您来赏桃花

（五马琴书）李心清

（上河调）

阳春三月舞春风，

四海游客意正浓。

五马十里桃花红，

五马十里桃花红。

（凤阳歌）

想当年，汉刘秀卧马沟里卧过马，

唐黄巢卧马沟里练过兵。

张镇长奋起抗日寇，

区中队夜烧洋桥建奇功。

十八届四中全会后，

五马又上楼一层。

风流人物看今朝，

五马镇里聚群英。

党委政府作决策，

行政村，八仙过海各显其能。

万花丛中赞一朵，

请您看，五马遍地桃花红。

党总支，村委会，

群众致富排头兵。

政策归心人心暖，

（转垛子句）反腐倡廉树新风。

引来蜜桃新品种，

经济效益大提升。
茅草屋变成小洋楼，
新修的马路宽又平。
咱农民开上小轿车，
环境优美讲卫生。
欢迎您来赏桃花，
五马人好客又热情。
请您在桃花园里留个影，
保准您越活越年轻。
桃花笑，麦苗青，
五马处处传歌声。
待到蜜桃成熟时，
十里果园香气浓。
咱农民生活大改变，
好日子更比桃花红。

（表演者　闫淑华　魏丽萍）

慌张女人

(唱词) 李锦敏

一个大嫂本姓王，
她的家就住在小东庄。
人品相貌倒也好，
就是做事太慌张。
要问慌张得怎么样，
得让你听了笑得慌。
八月中秋天气变，
白天热来夜晚凉。
东庄有人捎个信，
叫她东庄瞧他娘。
原说有空你就去，
没空就罢别慌张。
王大嫂把话听一半，
忽然一下发了慌。
"我的娘得了什么病，
黑夜捎信为哪桩?"
慌得她没把灯来点，
也没顾得换衣裳。
抱起孩子就往外走，
一下子撞到门框上。
心急也顾不得痛不痛，
抱起孩子走得慌。
走大道她嫌路程远，

抄个小道也停当。
人急心慌不择路，
冬瓜地里往前蹚。
三步并作两步走，
两步并作一步量。
行走心急来得快，
瓜秧绊到脚脖上。
只听扑通一声响，
王大嫂跌了个七尺长。
怀抱的孩子摔出去，
不知扔到哪一方。
八月中秋天气真够呛，
倒把孩子冻个僵。
抱起孩子又往前赶，
一蹦子跑到娘的家门旁。
没进门来就喊娘：
"娘呀娘呀你得了什么病？
快请大夫熬药汤！"
闺女门外一声喊，
倒把她娘吃一惊：
"这丫头做事太慌张，
谁说为娘得急病？
只因为娘把你想，
捎个信儿到东庄。
原说有空你就去，
没空就罢别慌张。"
王大嫂一听咧嘴笑，
抱起孩子把奶尝。
"呀！这孩子今天真混账，
不吃奶来光咬娘！"
说着说着来了气，

啪啪就是两巴掌。
打孩子没听孩子叫，
倒把手击得木胀胀。
低下头来仔细看，
"哎呀，我的妈呀，
原来是抱个大冬瓜二尺长！"
瓜头上还有个鲜瓜蒂，
又尖又湿又硬棒。
"孩子舅快把灯笼点。
冬瓜地快去找你的外甥小儿郎！"
兄妹俩出门往外走，
冬瓜地里找儿郎。
东寻西找没有孩子的影儿，
找到个枕头摔出了瓢。
王大嫂一见发了慌，
八成是连枕头带孩子抱出了房。
"哎呀，不好了，
枕头摔在了冬瓜地，
八成孩子喂了狼！
儿呀儿呀你死得苦，
这事全怪你的娘。
只因为心急要把你姥姥看，
倒叫孩子遭祸殃。"
王大嫂哭得如酒醉，
兄弟一旁拉衣裳。
"得了，姐姐别哭了，
再哭也是不顶用，
反正孩子是喂了狼！"
没精打采往家去，
一哭哭到家门上。
进家也没把灯来点，

趴在炕上哭一场。
只听身下"哇"的一声响，
原来孩子在家睡得香！
王大嫂一身忧愁全丢掉，
直喜得她光啃孩子的小腮帮。
请众人听了你先别慌笑，
做事千万别慌张。

活见鬼

（山东快书）刘建中　辛青

二月三月暖洋洋，
五月六月热难当。
十一月腊月天寒冷，
年三十晚上没月亮。
白大实话！
那一年的除夕夜，
小路上走来张满仓。
只因为，他到朋友家里去喝酒，
直喝到鼓打二更才回庄。
临出门朋友不让走，
他拉住满仓说短长。
从俺庄，到恁庄，
当中有座乱葬岗。
听人说，那个地方不洁净，
常出来黄狗老绵羊。
一转眼，它又变成大包袱，
还会变，花胡溜哨大姑娘。
这些事儿，咱虽说没有亲眼见，
光听说，心里也觉瘆得慌。
满仓就说没有事儿，
不回家，俺爹俺娘急得慌。
天上还下着雨搅雪，
遍地是雪有亮光。

这样吧,你的斗笠借我戴,

你的蓑衣我穿上。

再找件家什壮壮胆,

拿你看家的红缨枪。

见女鬼,逮住给谁当媳妇,

见男鬼,咱吃它的鬼肉喝鬼汤。

真碰上,包袱里包件花棉袄,

才好哩,送给俺的孩他娘。

满仓说罢出门走,

一步三摇六晃荡。

东一歪,西一晃,

路这旁晃到路那旁。

一路子歪斜走不快,

好大会儿,才来到那片乱葬岗。

东边瞅,西边望,

想看看,妖魔鬼怪在何方。

没见绵羊没黄狗,

也没见花胡溜哨大姑娘。

白:恁奶奶!

哪有鬼？哪有怪？

哪有包袱包衣裳？

没拾到一件花棉袄,

实在对不起孩儿他娘。

张满仓四外撒摸找棉袄。

一抬头,对面站个"黑咕桩"。

我的爹,我的娘,

这家伙咋长这模样？

论个头儿,得比我满仓高二尺,

那脑袋,咋看咋像小水缸。

倘若他心里一发怒,

我就得给他当干粮。

谁敢要这位鬼媳妇儿？

谁还敢吃他的鬼肉喝鬼汤？

我得跑！浑身哆嗦跑不动，

我不走，心里实在吓得慌。

咋觉得，头皮一紧一紧又一紧，

心里头，一凉一凉又一凉。

跑不动，吓得慌，

他只好，磕头作揖求上苍：

弟子我姓张，

家住小张庄，

没有打过爹，

也没骂过娘，

不偷不抢不串女人行。

没事儿就好喝烂酒，

喝醉了回家睡床上。

从不会，酒盖脸皮儿骂大街，

更不会，打架斗殴把人伤。

今天碰上这一位，

不知道，是神是佛是仙长。

是佛请你西天去，

是上神，请你上天朝玉皇。

是大仙请你归洞府，

是鬼请你回坟塘。

嘴下留情甭吃我，

俺全家，给你磕头烧高香。

祷告半天抬头看，

那家伙，正在对面学满仓。

也磕头，也作揖，

嘴里也在乱嘟囔。

张满仓一见心生气，

暗暗骂声恁姥娘！

我会说的好话儿都说完，
你还是把我堵路上。
你吃了满仓不打紧，
也想想，可对得起俺爹娘？
俺家里，一窝子孩子谁抚养，
俺媳妇，年轻轻地守空房！
张满仓越想越有气，
仗着酒劲儿长胆量。
牙咬紧，嘴绷上，
眼瞪圆，头一昂，
两膀攒足十成劲，
双手端起红缨枪。
对准那个大脑袋，
咬牙切齿用力量！
（白）招家伙！
只听见嘎嘣一声响，
大脑袋哧溜一闪冒火光。
（白）乖乖，真结实！
又听见"嗷"的一声叫，
低头看，见一个活人趴地上。
他又是哭，又是嚷，
叫罢亲爹叫亲娘：
"我赌博输得没有法儿，
才偷了人家一个缸。
要不然这就给他送回去，
求大仙千万饶我这一场。"
张满仓拉起来这人仔细看，
原来是东庄的赌鬼烂裤裆。
这就是酒鬼碰上赌博鬼，
年三十夜里打饥荒。

几串烤羊肉

（安徽大鼓）郭修文

华灯初上晚风轻

零食担霎时就像蜂出笼

小吃街上人似水

数一个姑娘最水灵

猛一看她像章子怡

细瞧瞧又像宋祖英

但见她，右手执扇忙扇火

左手将炉上的肉串细细烘

炉旁边放着几只青瓷盏

盛放着细盐孜然和味精

观看间就听姑娘一声喊

（白）卖羊肉串了！

嘿，嘎嘣溜脆赛歌星

只惹得多少人停步发谗瘾

霎时间烤好的肉串卖干净

一旁边卖茶叶蛋的小伙开了口

大妹子，祝贺你开市大吉生意兴隆

常言说星星跟着月亮走

借你的光我的生意好几成

听说话你也像咱城里人

怎么干起这营生

姑娘说：我高中毕业把业待

蹲家里不如自己来谋生

小伙说:你站街头可惜了

咋不上劳动局里去碰碰?

姑娘说:我一天三遍见局长

无奈他好说歹说不通融

他说如今就业门路广

光盯着铁打的饭碗可不行

要创业,我支持你自主把业创

想打工你可到人才市场去竞争

小伙一听不对味儿

这样的官腔我不爱听

要是局长和你有亲戚

金碗银碗也现成

姑娘闻听咯咯笑

局长的脾气你摸不清

这样的事情他不干

他是个坚持原则的硬头钉

小伙一听把嘴撇

哟,可别信他假正经

那一天我把局长找

几个人正在谈事情

局长说女儿的工作我有考虑

同意她西天去取经

我一听心里来了气

当官的哪个没人情

可惜了你闺女只配当姑子

桃花庵里伴青灯

若是没有张生到

想做美梦也不成

姑娘一听颜色变

小嘴一噘把气生

看你长得像个人

咋一张嘴恁难听

小伙一见慌了神

连把妹妹叫几声

俺生就的是个蒲包嘴

没遮没拦像刮风

妹妹千万别生气

（白）Sorry，（英语：对不起）

原谅哥说话不文明

说话间照着嘴巴扇几下

（白）叫你个小伙子嘴臭

他又是掐来又是拧

姑娘一见心好笑

多云转晴露笑容

小伙子像打开闸门往下讲

猛然间闸门一关不吭声

只见那劳动局长面前站

看年纪最多五十刚挂零

他望着姑娘微微笑

听说你烤的肉串挺正宗

今天特地来品尝

凑热闹祝你生意更兴隆

说话间拿起一串烤羊肉

细细品味露笑容

你的手艺真不错

新疆风味挺正宗

看起来西天取经没白跑

人有志向事竟成

我再拿几串捎回去

顺便给你传传名

一抻手拿起几串烤羊肉

笑吟吟汇进人流中

小伙子一见怒火起
横鼻子鼓腮瞪眼睛
好一个共产党员大局长
白吃白拿不脸红
党是怎样教育你?
你为官不清啥作风
大妹子,你写个材料把他告
我两肋插刀做证明
姑娘抿嘴面带笑
连连摆手说不行
我怎能去告老爸
这场官司打不赢

"夹五万"

(山东快书)方显军

说的是贾胡同贾五全,
人送外号"夹五万"。
他对搓麻将特别是有嗜好,
一坐下,不是一夜就一天。
为平牌,他不怕天热和寒冷,
为来牌,他经常不喝水来不吃饭。
他老伴想管他还不敢管。
背地里常跟闺女报屈冤。
这一天,老贾又来了一个连灯拐,
天亮时,倒霉的牌运才回转。
他嘴里嘬着香烟斜着眼,
一张牌在仁手指里直搁碾。
"这不是饼来就是万,
是条我一摸很明显。
好! 是我要的夹五万,
夹上五万就通天,
这一回,我摸了一个清一色,
'七个头''通天'赢'满贯'呀。
'坐桩'自摸八十嘴,
恁一家给我五十元!"
他这里高高兴兴地把钱收,
突然间,大门外跑来一女和一男。
那女的披头散发衣服烂,

那男的手持木棍把女人攒。

女的高喊:"爹爹快救命,

我是你闺女贾慧娟!"

那男的就是女婿马平川,

贾慧娟哭哭啼啼表根源:

"小赌鬼马平川平牌入了迷,

一来就是两三天。

出生意,家里家外全不问,

几万存款都输干。

没有钱他卖家电、借钱也去赌,

还欠下人家的赌债七八千。

半夜里我到牌场把他找,

他骂我丢他脸面啥都管。

又是踢来又是踩,

还抄木棍把我打得到处钻。

俺的亲爹你瞧瞧,

我哪里还有脸面活人间?

我想来想去没法活啦,

俺爹你还管不管?!"

"管! 小平川你咋能因为来牌打老婆?

你简直目无王法翻了天!"

女婿说:"她乌鸦嘴又管得宽,

哪有俺岳母大人恁良善。

你来牌三天五夜她不问,

可我来牌,一时半响她嘟囔俺。

我打我打我要打,

要不然,我咋还是男子汉?"

贾老汉怒气冲天站起身,

"我今天非教训你这马平川!"

他拎起了板凳就要砸,

被牌友夺下按住难动弹。

贾大娘病恹恹地走出门，
搂住闺女泪花闪。
"慧娟呀，平川想来牌就任他来吧，
大老爷儿们甭管严。
他输点钱财他会挣，
你何必多管闲事找麻烦？"
贾大娘转身又把女婿拉：
"你年纪轻轻要创业，
可不能来牌赌博把路走偏。
再者说，妇女们都盼着家里日子能过好，
你咋能下狠心拿棍绝情把她赶？"
"岳母呀，你说的讲的都在理，
你咋不把俺岳父管？
我以前根本不想把牌摸，
这都是岳父他手把手地教会俺。
那一次，三缺一他非得要我把门配，
咋样吃，咋样碰，怎么样能赢细指点。
有几回，我输了他给我把钱垫，
他还说缺钱找他'夹五万'。
男子汉不抽烟来不来牌，
枉在世上几十年！"
慧娟说："俺的爹呀你看看，
你来牌，坐得背也驼来腰也弯。
俺娘得病你不问，
你还教闺女女婿去赌钱。
假若俺打架离婚出人命，
你就是罪魁祸首教唆犯。"
贾老汉听到这里品出味儿，
"原来是他小两口拐弯抹角教训俺。"
他瞅瞅门婿和慧娟女，
还有那老伴流泪期盼的眼。

仨牌友也羞愧地说:"戒了吧,
来牌赌博是家庭纠纷导火线!"
老贾想:假如俺女婿真像我,
他一家男女老少准不安。
整天价夫妻闹气又打架,
总有天不出人命也得散。
看起来,经常来牌害处多,
害己害人起祸端。
想到这,老贾决心把牌戒,
我贾五全以后决不再是"夹五万"!
他东瞅西看找菜刀,
要剁掉手指立誓言。
他女婿马平川飞身上前抱岳父,
仨牌友与慧娟、老伴也急忙拦。
这就是牌迷戒牌一小段,
从此他搀着老伴去锻炼。

嫁 爹

（小品）李心清

人物:老汉　　六十余岁

　　　儿子　　四十余岁　　儿

　　　媳妇　　四十余岁　　妇

（欢乐、喜庆的音乐声中）妇上

妇　（挥手、赶去扯后衣襟的孩子）去！（向幕后）对,就是今儿个！喜糖?有、有、有！啥?哼!老封建!这就叫移风易俗!（脚下有什么硌了一下,抬脚踢开）去!（向内喊）窝囊、窝囊,你快来呀!

儿:(慢吞吞地上)慌啥哩?

妇:今儿个爹出嫁,你还磨蹭个啥?

儿:就、就你会出鲜点子。

妇:你!哼!屁也不懂,爹老了,给他找一个做伴的,让他享几年清福,那才是真孝顺哩!

儿:那、那你看着办呗。(欲蹲)

妇:快去!找件差不多的衣裳。

儿:中。(慢吞吞地下)

妇:(四处打量,唱):树上的鸟儿成双对,绿水青山……爹、爹,俺爹——

老:(留恋地四处细看,发现地上一件坏了的儿童玩具,弯腰拾起,放在桌上)

妇:(扶老坐)爹,今天你老出嫁,真是糠囤跳到米囤里,千万不能忘了咱这个穷家,啊?

老:(木然点头)

妇:衣裳、衣裳呢?窝囊,快点——

儿(急上)给——

妇:(抖开)哟,连衣裙,你怎么把我的拿出来了? 你真是拾起来扔掉——废料

一块!(急下)

老:(深情地注视儿,百感交集)

妇:(于门内咳嗽)

儿:(走近妇)干啥?

妇:去!让老头儿喜欢!

儿:他不喜欢,我有啥法?总不能说:"爹,你、你笑啊!"

妇:笨蛋!过来,我教你,你走到他跟前,往那一跪(跪),就说:"爹,从前孩子对不起你老:不管咋说,你可别扔下我不管啊!"学会没有?

儿:和爹做啥戏哩?

妇:(起),哎呀,我求你一次还不行吗?让他高高兴兴地去,总比带个吊孝的脸强!

儿:他爱带啥脸带啥脸,反正我——

妇:咦?反了你!好,我让你仁月——

儿:(无奈)唉——我试试呗!(走向老汉)爹——

妇:(示意儿跪——,笑,下)

儿:(回忆以往,猛跪)爹,儿对不起你呀!你操心费力把我拉巴大,吃了多少苦呀,现在把你撵走,我,我不当家呀,爹——(放声大哭)

老:(动情地抚儿头发)孩子——

妇:(提箱子上,惊、羞、怒,拉开儿)去、去、去,大喜的日子惹爹生气!真没用!从这儿到爹那儿又没隔着山海关,爹还能扔了你吗?

儿:(拭泪)那你叫我——

妇:我叫你看看迎亲的来了没有,快去!

儿:好呗。(回头望老几眼,下)

妇:(打衣箱)爹,从前不是孩子不孝顺,光腚猴卖孩子——那是穷逼的。看,这是你的结婚证。

老:(接过细看)

妇:(给老披大衣,打量)哟,爹这一穿,还真像个新女婿哩。

老:(苦笑、摇头,装结婚证,顺手摸出纸条、烟末,卷烟)

妇:(夺过纸条扔掉,掏香烟敬老)抽这个——嘿嘿,省事儿。

老:(看媳,接烟,摸出火柴盒,但无火柴)

妇:这个,你老带着!(递打火机)

老:(瞅瞅打火机,摇头)

妇:带上吧,这是孩子的孝意(塞给老)。

老:(试了一下打火机,苦笑,摇头)

妇:(取剃刀)来,爹,我给你刮刮胡子。

老:(瞅媳,吃惊)

妇:(刮脸)爹,精姑娘,爱娘家,憨姑娘,爱婆家。你和老大妈——不,和俺新妈一结合,恁儿就是两块地里一棵苗,儿媳妇,就是恁的亲闺女,有个头痛脑热的赶快回来,说啥也不能去五保! 啊?

儿:(急上)爹,老大妈——

妇:什么老大妈,是咱妈!

儿:嗯,爹,咱妈——

妇:该死! 是你妈,我妈,不是咱妈!

儿:嗯,爹,你妈——不,不,不,我妈她——

妇:接爹来了?

儿:不! 她、她、她,危险——

老:快说! 你快说呀!

儿:她得了急病,送医院去啦!

老:(急起)啊? 我、我去——

儿:(扶老)爹,我扶你上车——

妇:(猛拉儿带倒老)快走!

儿:(弯腰扶老)甭慌,和爹——

妇:(瞅儿)妈快没了,还要啥爹?

儿:(气愤)你——

妇:爹不要紧,告诉你,妈有宝贝!

老:(抬头,气极)你、你——(手中的打火机落地、昏死)

儿:哎呀,爹——(扑向老,一摸鼻子,大惊)啊?

妇:(拾起打火机装起,命令地)走!

儿:咱爹(带哭腔)没气啦! (抱起老)爹、爹,你甭死啊!

妇:别瞎嚎,掐人中!

儿:(边扶老边喊)爹、爹!

妇:爹、爹,你等等再死,那东西呢?(见老不应,大哭)我的爹呀,你一死俺咋——

（猛止哭）别嚎啦！

儿:爹——啊？（止哭）咋？

妇:别说老头死的事,趁花老婆住院,快去找她那颗祖传的珠子!

儿:啥？找珠子？

妇:咋？你怕钱咬手咋着？

儿:这家里——

妇:啥好家,值不上万儿八千的!

老:（苏醒,睁眼望望,闭目静听）

妇:那颗珠子,几十万哪,我牙磨半截腿跑断——到嘴的肥肉,不能让它飞!

儿:爹的死尸——

老:（指妇）畜——畜生! 你省不了!（挣扎站）

儿:（扶老）爹——

老:（甩开儿）要珠子? 做梦! 我死熬活熬大半辈子,儿大了,成家了,我就落个这——不管了,我,谁也不管了! 告诉你,你妈死,你发丧。俺不死,你养活! 要不,我上法院告恁!（愤愤地下）

妇:（放声大哭）天哪,赔本儿啦!

儿:唉! 玩啥点子哩?

妇:（猛起）不行,追他去!

（拉儿急下）

（表演者　刘先坤,朱巧云,蒋子龙）

九号文件

(小品)郭修文

人物:王迷怔,行政村村长。

[村委会会议室,一桌一椅]

[王迷怔上。坐,从提兜里掏出酒瓶,呷一口。]

[哄笑声。]

王迷怔笑啥?谁都知道,我王迷怔从来是滴酒不沾。嗯,"滴酒"不沾。(咳嗽)吭! 今天,因为有点不舒坦,才抿两口儿。

[抿酒。以下演员可根据剧情自行把握。]

王迷怔:啥?胃缺酒?爬恁嫂子那头去! 干了恁些年,还不就落个"两袖清风,一肚子酒精"嘛。哈哈,唉,昨天来人,是喝多了点儿。明天更够呛,先喝两口儿投投。嘿嘿,这是笑话儿。现在闲言少叙,言归正传。今天,我们召开两委会,中心议题是根据[96]9 号文件精神,研究切实减轻农民负担的问题。这是一个焦点问题、热点问题,也是一个辣手(棘手)问题。阜南县中岗镇沈寨村干部收提留开枪致死人命的案件,《焦点访谈》曝了光,也给我们敲响了警钟。我们行政村也存在着农民负担过重的问题,干群关系也相当紧张嘛! 群众都给我们编成歌、连成唱:"村干部,一露头儿,阎王小鬼都发愁,不是抓罚款,就是催提留。"你听听,这是群众对我们的评论! 我王迷怔也有对不住老少爷们的地方。举例说吧,夜里小孩闹人,大人一说:"别哭了,王迷怔来了!"小孩就不哭了。嘿嘿,我王迷怔成了红眼绿鼻子! 同志们,问题很严重。因此,我们要下决心把五项提留严格控制在政策允许的人均年收入的5%以内。乡镇政府已表态,停止部门不必要的达标升级活动,我们行政村除完成乡政府下达的提留任务以外,不再层层加码! 所以,我们明天准备召开的减轻农民负担的大会,肯定会受到村民们的欢迎! 对于群众反映强烈的公款吃喝问题,我们也要有令即行,有禁即止!

王会计,你去给乡里几个领导打个电话,明天的会请他们务必参加。回头再给王老五饭店打个招呼,叫他们明天准备两桌便饭,两箱"古井贡"。啥?今天是星期天?打他们家去。我这里有电话号码,王乡长,就是那个科技乡长,23两酒(2329);李乡长,分管文化教育的,34两酒(3429);刘乡长,分管农业的,45两酒(4529);洪主任,企业办的,56两酒(5629);黄乡长,78两酒(7829);赵"一把",78两酒(7829)。嘿嘿,有意思!我说邮电所的这位老几,拍马屁也拍错了地方,你这不是出领导的洋相吗?操!

嘿,现在继续开会。减轻农民负担,是个大目标,关键还要措施得力,抓落实。至于措施嘛,我想有这么几条:一条是一心一意。既然上头说了话,我们就要执行。我们要一门心思减轻负担,一个主意发家致富。负担减轻了,有利于发展生产;生产发展了,特别是集体经济壮大了,又有利于减轻农民负担。"一心一意"又叫"一心敬你"。敬谁?敬老百姓。我们要和群众搞好关系,要"哥俩好",不要"一拳决"。要和群众肝胆相照,一仰脖,杯底朝天。要说到做到,不打折扣,滴一滴罚三盅。只有这样,我们才能取信于民。第二条,三星高照。要教育农民心里怀着一颗五角红星;要让他们明白,党的政策是富民的定盘星;还要教育农民树雄心,立壮志,做勤劳致富的农业新星。依靠党的政策富了,不要忘了国家、集体,该上交的,分文不欠,要实打实,不能喝滑酒——噢,该喝仨,我喝俩等一个?没那话!第三是四季发财。春种、秋收、夏管,这些庄稼经我就不说了。我重点说说变冬闲为冬忙。冬天可是个发财的好季节呀!出外打工,跑生意,还不弄个千文儿?就是不出去,也有治不完的钱。刘老肥一杆兔子枪也数不完的"毛儿"(钱)。前天,我出差路过亳州,那里一街两巷净卖兔子肉的。一斤十来块,一个二三十(元),这不是升财之道?票子到处有,只要你伸伸手儿。眼下,我们行政村有五杆兔子枪,要是有五十杆呢?五百杆呢?啥,哪恁些兔子?兔子繁殖快、产仔多,又不计划生育,比人还稠哩!再说啦,咱这里打完了,你不能上外边打去?啥?澳大利亚兔子多?咱王旮旯行政村扛着五百杆兔子枪上澳大利亚?人家不说你武装侵略才怪呢?惹起了国际争端你负得了责任?嘻……联合国秘书长:佩雷斯·德奎利亚尔都下台了,能的你!我这只是举个例子,咱们这里能工巧匠有的是,可以八仙过海各显神通嘛!群众有票子了,还能忘了我们这些引路人?到谁家不三个三,六个六,巧七门,八仙寿,有酒让你喝个够!第四,九个九。九个九,又喊快快快。如今的快节奏,从一切方面都可以体现出来。减轻农民负担,刻不容缓;深化改革,发展经济要雷厉风行,慢慢来要被动挨打,人家伸四个指头、五个指头喊"快",你慢斤八两地叫"点一梅",你啥时候也赢不了人家,所以我们也要以变应变,出奇制胜。至于"满十",我就不谈了。我们和先进行政村比较,差距还很大。所以,我们要谦虚谨慎,戒骄戒躁,争取在新的一年里再上新台阶,再创新业绩。农民负担要减轻,但该干的事情还要干。桥、涵、路的配套要不要搞? 柏油路要不要修? 企业规划,地已经划出来了,筑巢引凤,围墙是不是先圈出来? 当然要集点资,因此,要做好宣传鼓动工作。我想,是不是先拟几个口号?

(思考,渐渐划起拳来)对,这么着:

　　　　要想富呀!

　　　　先修路呀;

　　　　富得快呀,

　　　　做买卖呀;

　　　　五魁首呀,

　　　　跟党走呀;

　　　　九个九呀,

　　　　快喝酒呀!

哎呀,说着说着又跑调了。我先说恁些吧。大伙有什么,说说。噢——李主任提的值得考虑。明天是减轻负担大会,一散会拉几摊子不像话。看起来减轻负担要落在实处,动真格的! 这样吧,明天散了会,都上我家吃饭,辣椒酱豆萝卜丝,烙个旱烙馍,弄个鸡蛋砸蒜芝麻盐,这酒不喝啦!

[将酒一口抽干,将酒瓶往桌上一顿,造型。]

酒　鬼

（山东快书）方显军

有位二哥太贪杯，
经常喝得酩酊醉。
这一天，邻居邀他去陪客，
他那祝酒词，说得有滋又有味。
"先喝个，一心一意恭敬你，
又一个，好事成双喜成对；
咱喝个，刘关张桃园三结义，
再喝个，四季发财把你陪；
敬你个，五金魁手独占先，
再敬你，六六大顺生活美；
咱带领七郎八虎闯幽州，
来一个天长地久，十余十美得实惠。"
他们一连喝到"十六大"，
小杯喝罢换大杯。
喝罢白酒倒啤酒，
酒杯撤掉换茶杯。
直喝得眼珠难转腿打摽，
舌头硬得像钢锥。
"我——我——我去一趟洗手间，
等——等我回来再——再发挥。"
他歪歪扭扭进了厕所，
倚着墙，对着浴缸就撒尿。
小便后裤子他还没提上，

总觉着,头也晕、眼也涩,

腿也软来心来灰,

他顺着墙,迷迷糊糊往下堆。

这时候,邻座的客人去小便,

"呼啦啦——"二哥一听直咧嘴。

"我——我——我不能再喝了,恁甭倒了,

再喝我就会撑——撑——撑炸胃。"

"砰!"客人放了一个屁。

"啊!"惊得二哥皱双眉:

"恁——恁真又打开一瓶?

来——来,递给我,我对着瓶口用嘴吹!"

白:还喝呢!

开天辟地不曾有

（表演唱）邢鸣林

开天辟地不曾有，
咱农民六十能退休。
再不用为了工分挑大河，
再不用队长一喊挖小沟。

耕地播种让机器干，
拔草收割也不用手。
政府发给咱养老金，
谁还为吃穿去奔走？

开天辟地不曾有，
咱农民六十能退休。
俺也去扯着孙子逛公园，
俺也去文化广场跳跳舞。

夏夜聊天咱在网上，
冬天散步咱去旅游。
党中央关心咱老农民，
老汉我能活九十九。

孔夫子亳州拜师

(大鼓书)卞德庭

天连地,地连天,
风花雪月紧相连,
亳州一地出三圣,
又出神童美少年。
众明公要问神童出啥时,
孔夫子周游列国那一年。
孔夫子听说亳州出奇迹,
想到亳州来看看。
他带领门徒众弟子,
还有七十二大贤,
这一天出离了曲阜县,
一路奔波过河南,
这才来到亳州地,
中途路有个小孩将他拦。
小孩路上忙垒城,
孔子车队到跟前,
颜回一旁开了口,
小朋友等俺车队过去你再玩。
颜回说了好几遍,
小孩装作没听见,
颜回三次把他赶,
惹得小孩心里烦。
你们说话不讲理,

咱们谁在后来谁在先，

你的车队刚来到，

我已来了大半天。

我问你是车躲城还是城躲车，

你们应该绕道走一边，

你没看见我正在修皇城，

修着皇城忙不闲，

走路你往旁边走，

车躲皇城理不偏，

说得颜回无言对，

他这才向老师孔子禀报一番，

开言道，尊一声师傅听我言，

车不能过，小孩挡在路中间。

孔子这才下了车，

来到小孩他面前，

观小孩大者不过六七岁，

最小不过差一年。

头上扎个朝天辫，

豁裆裤子身上穿，

问小孩你咋不往一边站，

车马碰着可不是玩儿，

小孩说你偌大的年纪咋不讲理，

咱们谁在后头谁在前，

你们的车队刚来到，

我已来了大半天，

你们为啥苦苦将我赶，

你没看我正修皇城忙不闲。

我问来人你姓啥？

你咋讲话理怎偏。

孔子站着没言语，

颜回一旁把话谈，

开言道,这是俺师傅孔夫子,

小孩闻听哈哈大笑好几番。

开言道:既然你是孔子到,

俺打一个字谜你猜一番。

你只要把我字谜认,

我马上就把皇城搬。

这时小孩忙站起,

两腿一叉胳膊闪,

你看我这像啥字,

快快讲来莫怠慢。

孔子说,你这一站像个"大"字,

小孩就说错错错,念个"大"字理太偏。

孔子说,不念"大"字念啥字?

小孩说,念个"太"字理当然,

孔子说:"太"字总是差一点,

小孩说,你没看我腿旮旯里一忽闪。

说得孔子无言对,伸伸脖子咽口痰。

小孩说,你们要走此处过,

要想过去不费难,除非你此处把师拜,

我告诉你如何才过这一关?

说得孔子无言对,也只好施礼把腰弯。

小孩说,你在城外叫开门,我城门大开脚踢了砖。

这就是,孔子拜师中途遇少年,

地点就在小奈集,从此后小奈集名字万古传。

孔夫子车马行走到亳州城北关,

来到了杏花村头边,

孔夫子抬起头来看,这个地方非等闲。

树林深深入长院,百鸟争鸣闹喧天,

杏花开得扑满天,红花开得红似火,

白花开得白雪团,黄蜂采蜜忙不闲。

一眼难观杏花景,孔子只觉口舌干。

这时抬起头来看,有一位妙龄女子把水担。

对准女子仔细看,这个女子非等闲。

观年纪不过十八岁,大小不过差一年。

一头青丝如墨染,不搽头油明闪闪。

忽灵灵杏眼含秋水,两道浓眉长又弯。

樱桃小口香腮衬,细米银牙放光线。

上穿石榴花夹袄,玫瑰条子镶金边。

下穿中衣玫瑰紫,映出一双小金莲。

三尺白绫把脚缠,红绫子小鞋瘦又尖。

这女子不跟人间比,恰似月里嫦娥出广寒。

孔子看罢将头点,走上前去把腰弯,

尊一声小姐我礼到了,喝你点凉水解口干。

小姐闪开秋波看,脸面前站着人马一大班,

小姐说:这么多人你们干什么?

颜回一旁开了言,这是俺师傅孔夫子,来到亳州寻道仙。

女子听说是孔子到,樱桃口炸开了言。

既然你是孔夫子,我打个字谜你猜一番。

女子说话不怠慢,井口中间放扁担。

这是一个什么字? 猜对了叫你喝水解口干。

孔子说:这个字念"中"字,念个"中"字理不偏。

女子摆手错错错,念个"仲"字里当然,

孔子曰:"仲"字还缺个单底人,

女了说:我不正在井旁边。

女子说:你姓孔名丘,字仲尼,

你自己的名字都认不完。

说得孔子无言对,心眼里光打内算盘。

这真是亳州出奇女,比起奇女我不粘。

女子灵机比我快,天生奇女女花园。

不如我就上车走,不把她的水来沾。

孔子上车走得快,进了亳州城西关,

孔子在车上抬头看,一街两巷人声喧,

车马行走得得儿快，见一家饭店在路南。

店门上贴着一副联，这副对联写得鲜，

上写着客为猛虎店为山，走遍天下都一般，

客店没有害客意，一人去了百人还，

客店要有害客意，猛虎一去不归山。

门上写有一横对，张家老店开数年。

越过饭店朝前走，染房不远在面前，

染房也有一副联，朗朗大字写得鲜。

上一联禹王制定三江水，下一联各仙造就五色蓝。

门上还有一横批：上色容易下色难。

越过染房朝前走，有个裁缝在眼前。

裁缝门口一副联，这副对联写得鲜，

上一联女爱花红男爱素，配一联冬做棉来夏做单，

门上还有一横联，做过衣服得给钱。

过了裁缝往前走，理发店不远在面前。

门上也有一副联，这副对联写得全。

上一联掌打天下英雄汉，配一联刀扫满朝文武官。

门头还有一横批：拽着耳朵得给钱。

过了铺子往前走，有家药店把路拦。

门上还有一副联，一副对联写得鲜。

上一联：病有四百四路催人老，

配一联：药有八百八方保周全。

还有一横批：医生治病如神仙。

过了药铺没多远，"道德清宫"在面前。

走马门楼插花兽，蛟龙旗杆列两边，

走到门前仔细看，黑漆大门把着关，

门上也有一副联，这副对联真周全，

上一联：三皇治世创世界，

配一联：五氏发明分女男，

门上还有一横批："道德清宫"写上边。

孔子看到明白了，老子就住在宫里边。

徒弟忙把门来叩,老子宫里正闭关。

孔子亲自把门叫,连叫数声门关严。

孔子万般无其奈,一连等了好几天。

坐关期满门闪开,孔子迈步到门前。

孔子门前刚站稳,出来个道童念经篇。

无量天尊谁是山东孔夫子?

老师傅里面把你传,道童说过前面走。

孔子紧跟在后边,很快来到清宫内。

看见老子在上边,年纪看上去有百岁。

胡须头发都白完,一头白发绾发髻。

八卦佩衣身上穿,水火线条腰上系,

白袜云鞋二足穿,盘腿端坐仿若仙。

孔子上前忙施礼,开口问好把腰弯。

老子蒲团开了口,吩咐童子座位搬。

孔子方才落了座,慌忙二次又抱拳。

老子曰:来者山东孔仲尼有什么事情当面谈。

孔子抱拳笑呵呵,老子不知切听着。

我问你什么星辰弟兄多? 什么星辰单摆着?

什么星辰走娘家? 什么星辰紧跟着?

赶得谁人无奈何? 拔下什么划道河?

老子曰:全坝星辰弟兄多,紫微星辰紧跟着。

赶得织女无奈何,拔下金簪划天河。

孔子秉手笑盈盈,我问你天上明的什么星?

地下走出什么僧? 谁为男为女? 谁为道来谁为僧?

老子曰:天上明的紫微星,地下走出喇嘛僧,

牛郎为男织女为女,老子为道佛为僧。

孔子闻听笑吟吟,我再开口问老君。

哪个地方生佛祖? 哪个地方生老君?

哪个地方出孔子? 哪个地方生下几个人?

老子曰:天竺国里生佛祖,姬揣李庄生老君,

山东曲阜生孔子,这三地方生下三个人。

孔子问:哪一年间生佛祖？哪一年里生老君？

哪一年里生孔子？哪三年生下三个人？

老子曰:甲子年间生佛祖,丙丁年间生老君,

乙巳年间生孔子,这三年才生下三个人。

孔子问:哪个月里生佛祖？哪个月里生老君？

哪个月里生孔子？哪三月生下三个人？

老子曰:四月初八生佛祖,二月十五生老君,

正月十六生孔子,这三月生下三个人,

孔子问:哪个时辰生佛祖？哪个时辰生老君？

哪个时辰生孔子？哪三时生下三个人？

老子曰:天在寅时生佛祖,正当午时生老君,

半夜子时生孔子,这三个时辰生下三个人。

孔子问:哪个穴里生佛祖？哪个穴里生老君,

哪个穴里生孔子,哪三个穴生下这三个人？

老子曰:天鼎穴里生佛祖,列叉穴里生老君,

孔子就打红门走,这三穴生下三个人。

孔子问:佛祖下生是多大？老子下生有几世？

孔子下生有几载？共和几时担几世？

老子曰:佛祖下生二十二,老子下生八十春,

孔子下生才六岁,共和一百单八春。

老子从头讲一遍,夫子点头老子尊。

老子这才笑眯眯,开口叫声孔仲尼。

混沌初分生天地,无极它才生太极,

太极它才生两翼,两翼生四象,

八方才定立,五行生八卦,九宫成一体。

天上就是南北长,这句话儿是真实。

家家户户走亲戚,篮子里盛的是东西。

老子还要往下讲,孔子急忙作个揖。

这就是孔子拜师一小段,下回书里咱再提。

苦　果

（山东快书）方显军

说的是某公司经理大老江，
洗过澡摇摇晃晃出了浴场。
打过了摩丝梳好了头，
"嘀铃铃"手机直在腰里响。
白："喂,哪位?""是我!"
"呵:打电话的是个女孩子,
这声音一听顿觉甜得慌。"
"哎哟,你的嗓子咋哑了?
我听着不像你的腔。"
"嗨,幸福的小酒天天醉,
哨子劈对我来说很正常。
说了半天你是谁呀?"
"你猜猜,看你的听力怎么样?"
"我猜猜,你,你是小唐吗?"
"我是大糖,你品着不觉甜齁得慌?"
"那,你是阿梅吧?
我可是一直把你胸中装。"
"嘿嘿,你的小秘咋恁些呀?
花心花得真不瓤。"
"噢,原来你是肖丽娜!
我说磁力咋恁强。"
"谁说我是肖丽娜?
什么磁场磁力强?

你看看我这手机号码是多少?
你送给我的也能忘?"
白:"这个号码……我送的手机?
你到底是哪位靓小姐?
的确让我费猜想。"
"难道你真的想不起?
为什么见了我嘴里就像灌蜜浆?"
"我问你,你的芳名叫什么?
几句话说得我心里直痒痒。"
"看起来我不说你是想不起了,
从今后,我不认你这负心郎。
我的名字叫刘春芳,
我丈夫就是经理大老江!"
白:"什么,什么……你是刘春芳?
春芳、春芳……
哎呀呀,原来是我的夫人孩他娘。
孩他娘,刘春芳,
拨我的手机为哪桩?
是不是发现了我的小秘密,
试探我对她忠贞怎么样?
这些年我对她关心实在少,
总借口公司事多业务忙。
我只想家中红旗永不倒,
外边飘五色彩旗才时尚。"
他这时深感愧对孩他妈,
让她孤独受凄凉。
老江他查找到号码拨回去,
可对方已把手机早关上。
大老江,心发慌,
想不出回家见了夫人咋收场。
他这里正在挖空心思想借口,

突然间身后有人喊老江。
叫老江的是一起洗澡的老酒友,
也就是他夫人的顶头上司王局长。
白:"老江,老江……江经理,
你咋能穿错裤子走恁慌?
是方才有位小姐把你邀,
叫你去欢乐谷里把歌唱!"
"什么、什么,我穿错了你裤子?
就是说咱俩的手机'换了防'?"
大老江,仔细想,
越想心里越窝囊。
原来春芳不是发现秘密考验我,
是诚心找她的上司王局长。
想到这儿,他怒发冲冠牙紧咬,
五脏六腑似翻江。
白:呜呀呀……这么草率王局长!
狡兔三窟仍然不吃窝边草,
戏朋友之妻不应当。
他这里正要发作把手机摔,
又一想,哎呀呀……欠周详。
自古道,小不忍则乱大谋,
闹起来我咋有脸把经理当。
腐化堕落众人骂,
违法乱纪啥影响?
我还是自酿苦酒自己喝吧,
回家去体贴教育孩他娘。

夸村长

(唱词)张学民

市委号召奔小康　　　　　人都夸赞土村长
发家致富不忘本　　　　　一心装着穷老乡
为使全村都富强　　　　　发家能手聚一堂
带头捐款十万元　　　　　倡议集资搞饲养
发展黄牛百十头　　　　　每户三头小猪秧
孩子多的放牛羊　　　　　致富措施多停当
想过去人闲好串赌博场　　现如今男女老少一起忙
发展企业智慧广　　　　　又办公司搞装潢
请来名师巧工匠　　　　　招聚工人一大帮
姑娘们生产在作坊　　　　小伙子遍布城乡搞安装
赚来票子哗哗响　　　　　奉献八千建学堂
敬老院捐献七千块　　　　又修两座小桥梁
俺村有个五保户　　　　　村长待她胜亲娘
又是洗又是浆　　　　　　常送成套新衣裳
米面油盐不用讲　　　　　生病床前煎药汤
如今穷村变富样　　　　　房屋规划排成行
大楼房小楼房　　　　　　家家都有电冰箱
洗衣机单双缸　　　　　　牛羊肥壮粮满仓
村长带头做榜样　　　　　团结奋进奔小康

夸夸咱们新谯城

（五马琴书）李心清

[上河调]　美酒飘香涡水清，
物质精神双文明。
夸夸咱们新谯城，
夸夸咱们新谯城。

[凤阳歌]　自从商汤建都后，
涡河两岸育群英。
老子骑牛出函关，
留下了千古传颂道德经。
曹操丞相雄才大略北方一统，
华佗先生妙手回春起死回生。
朱之琏三板定堂万民称颂，
花木兰女扮男装替父出征。
五禽戏，二夹弦，
花戏楼上传歌声。
芦家庙军民齐心歼日寇，
新四军用鲜血把战旗红。
四个全面指方向，
谯城大地沐春风。
市委铺下富民路，
敬农爱农树清风。
网上办事大厅好，
方便咱们老百姓。
文化建设春风舞，

唱响了文化历史新谯城。

区委大力来倡导，

药都处处书香浓。

国学经典和为首，

相互谦让莫相争。

齐心协力创大业，

团结和谐万事兴。

［二夹弦］　人生在世孝长辈，

一敬二养三顺从。

人人都把老人敬，

社会和谐乐融融。

为人处世讲礼貌，

言谈举止要文明。

以人为本互尊重，

［垛子句］　一代新人树新风。

仁者爱人爱天下，

四海一家是弟兄。

学会温良恭俭让，

太平盛世享太平。

一言既出讲信用，

不欺不骗不瞒哄。

巧取豪夺害自己，

到头还是一场空。

关键时刻有义举，

义举不图利和名。

中国好人万人敬，

道德模范留美名。

和孝礼，仁信义，

中华美德好传统。

许张氏，儿子瘫痪不能动，

老母亲精心照料忙不停。

上万个白天和黑夜，

体现出山高海深慈母情。

弟弟常年床上卧，

姐姐尽心送温情。

三十五年如一日，

她就是道德模范许淑英。

李炳倩，和信玲，

一杯杯豆浆情意浓。

豆浆事小暖人心，

送给了两千五百高考生。

花儿红，柳色青，

万亩芍药映日红。

五马桃花竞相开，

点缀今日新谯城。

一滴水映出大宇宙，

书香浓浓满谯城。

（表演者　闫淑华　魏丽萍）

拦花轿

（大鼓书）柴治国

东风尽吹红旗扬，全国大地好风光。

坏人坏事要检举，好人好事多表扬。

听我唱个拦花轿，出到安徽亳州涡河旁。

涡河岸有个龙泉镇，龙泉镇上闹嚷嚷。

街东里走来陈老汉，街西里走来何大娘。

陈老汉何大娘，两人赶集到街上。

两亲家见面头一次，坐在街旁拉家常。

你大伯你大娘，嗯——，啊——呵——

老半天没说出啥名堂。

老汉说俺闺女婚姻自主找对象，

找着你儿何俊祥，你儿是个大学生，

大学毕业下了乡，领导农民来致富。

科学种田多打粮，思想红、劳动强、办事公、没偏向。

俺妮爱他的好思想，俺闺女才把他爱上。

陈老汉如此这般往下讲，何大娘一旁开了腔。

别说俺儿俊祥好，你闺女可比俺儿强。

你闺女爱钻研手头强，无论干啥都在行。

俺的儿要跟你的闺女对上象，

真算人老八辈烧了好香。

老汉说，俺闺女样样活儿她都管，

就是脾气有点犟，这回我给她办喜事。

买来几件新嫁妆，大衣柜、小皮箱、桌椅条台亮堂堂。

电视机、洗衣机、点唱机，还有一个大冰箱。

人民币我花了十来万,人家都说我排场。

不知她咋知道了,把嘴一噘直嘟囔。

说我办事不节约,铺张浪费不应当。

立逼我把嫁妆退,今天我赶集退嫁妆。

大娘讲,别说你闺女不懂事,俺儿也是个糊涂汤。

这回我给他办喜事,俺娘儿两个作商量。

我准备雇上一顶大花轿,响器再叫上一大帮。

待客百儿八十桌,欢欢喜喜乐一场。

那一天他俩一路去登记,回来突然变了样。

说啥待客是浪费,还说当前生产忙。

立逼我把花轿退,把那响器都退光。

一赌气我说出不退的话,这小子茶不吃饭不用,

三天没搭娘的腔。

人常说儿是娘的连心肉,怎么能不叫我疼得慌。

无奈何才来退鼓乐和花轿,退了花轿咋收场。

结婚要叫你闺女走着来,外场看见捣脊梁。

白(老汉说:亲家,这事咱得办好一点,娶媳嫁女头等大事,要办得有声有色。大娘说:对)

大娘说,花轿鼓乐我不退,老汉说我也不再退嫁妆。

大娘说,我准备三头大肥猪,老汉说,我准备四只大山羊。

你杀猪我宰羊,回汉两家不一行。

回汉两家结亲眷,看看两家谁排场。

大娘说,不够我向别人借,老汉说借不来贷款找银行。

尽他们吵尽他们嚷,为这事打不了官司上不了堂。

两亲家从上午说到半晚上,各自分头转回庄。

陈老汉一边走一边想,回家去编几句瞎话把女儿诓。

等她坐上花轿走,随后派车拉嫁妆。

老汉一进自家门,正碰上他闺女叫桂芳。

桂芳说,爹,我问你嫁妆退没退,老汉说那些东西都退光。

要知喜坏哪一个,喜坏姑娘陈桂芳。

老爹爹办事办得对,省下票子存银行。

公有益私有利,公私兼顾理应当。

到明天写篇稿子登登报,让你《安徽日报》上受表扬。

老汉喜欢一咧嘴,傻孩儿高帽子戴在爹头上。

赶集我见了你婆婆,说他家为咱准备可停当。

(白:桂芳说,俺婆婆那头咋准备的,老汉说,问那干啥?桂芳说我一定要问,这是我的事。你真的要问,听老父给你讲。)

陈老汉如此这般讲一遍,恼坏姑娘陈桂芳。

出言没把别人愿,埋怨未婚夫何俊祥。

登记时咱俩啥话都说过,两家不准乱铺张。

你不该又雇花轿又待客,来抬我两条腿的大姑娘。

穿红袄,边条镶,着裙子、缀铃铛、梳洗打扮坐轿上。

这边闪闪,那边晃晃,哎哟哟,简直是叫我出洋相。

坐花轿旧社会留下的封建礼,新社会再坐不应当。

我情愿走着上俺婆家去,也不愿落这坏影响。

老汉说,妮儿一辈子坐这一回轿,说什么影响不影响。

明天早晨花轿就来到,现如今已经落太阳。

再说什么也来不及,可不要辜负你婆婆好心肠。

桂芳说,我的婚事我做主,你不要插话乱搭腔。

老头儿气得猛一蹦,骂声闺女小桂芳。

对象是你自己找,办喜事的家由老子当。

轿来了你不坐也得坐,真不坐我劈头给你几巴掌。

咱记住他父女爷俩在抬杠,回头再说何大娘。

大娘走进自己的门,笑眯眯地叫俊祥。

妈赶集见了你陈大伯,为咱准备得多排场。

买东西花了十来万,光箱柜就得几车装。

像人家又舍闺女又花钱,咱办事也得像个样。

娘要是听了你的话,退了花轿咋收场。

娘说咋办就咋办,不要多嘴再气娘。

俊祥一听心暗想,低下头来细思量。

登记时桂芳亲口对我讲,两家不能乱铺张。

又一想桂芳不会说假话,我如此这般等新娘。

不大会儿东方发白天光亮,何家门前闹嚷嚷。

拿毡的头前放鞭炮,抬轿的人们走出庄。

八面彩旗空中飘,三绿三红两面黄。

吹喇叭嘀嘀嗒嗒多热闹,大花轿呼呼闪闪紧跟上。

抬着花轿往前走,迎面来了个大姑娘。

这女子没多大,穿着一身蓝衣裳。

瓜子脸红腮帮,大大的眼睛明晃晃。

粉浓浓的脸腔多耐看,小鼻子长在脸当阳。

乌黑的头发扎双辫,直挺挺搭在肩膀上。

雪白的脖平平的膀,微微有点鼓胸腔。

脊背后背着小包袱,拦着花轿开了腔。

大伙儿要向哪里去,放炮的说陈家庄上抬新娘。

姑娘说陈家庄去抬哪一个,放炮的说新媳妇名叫陈桂芳。

姑娘说要是抬她不要去,这个新娘我来当。

说得大家哈哈笑,这女子讲话真张狂。

别的事情都管替,没见过替人家当新娘。

想当新娘找对象,你不该拦轿要把新娘当。

说得姑娘抿嘴笑,拉拉小辫开了腔。

你知道我是哪一个,我就是陈家庄的陈桂芳。

听说你们来抬我,半夜里就离开陈家庄。

特意我来拦花轿,省得你们来回跑路累得慌。

走走走,跟我一路回庄上,吃点馍馍喝点汤。

坐在树下乘乘凉,大姑娘说罢头前走。

打旗的、抬轿的、吹响的、放炮的,松拉松拉紧跟上。

这个说,真是新社会新风尚,新媳妇跑着找新郎。

这就是新事来新办,跑着一样入洞房。

那个讲回家积极搞生产,不干抬轿这一行。

记住抬轿的咱不表,回头再说这姑娘。

姑娘走进婆家门,轻言慢语叫声娘。

白:娘,我来了! 何大妈说,傻孩子!

放着花轿你不坐,白费娘的好心肠。

桂芳说，娘的好意我知道，铺张浪费不应当。

何大妈说，既是来了省着办，快喊我儿迎新娘。

有个小伙子一蹦站到椅子上，摆着双手喊高腔。

俊祥哥出来吧，别在屋里再躲藏。

新嫂子跑着来找你，你这样确实理不当。

叫几声没人吭，挤挤嗡嗡拥进房。

光见被子不见人，你喊我叫乱嚷嚷。

姑娘就说别吵了，俊祥哥他已去俺家拦嫁妆。

半路上俺俩见面说了话，请大家别为这事再着忙。

东方升起红太阳，何俊祥喜气洋洋入洞房。

小两口见面咧嘴笑，只惹得全村老少都夸奖。

这个说，姑娘是个好媳妇；那个讲，俊祥是个好新郎。

何家省下三头猪，陈家省下四只羊。

全国有多少小伙子，全国有多少大姑娘。

结婚都要从简办，剩下钱为祖国建设添力量。

这就叫勤俭节约办喜事，留下这佳话一段送下乡。

（演唱　柴治国）

老公公劝儿媳

（大鼓书）柴治国

九月霜打树叶稀，
娘疼儿来儿疼妻。
娘疼儿真心又实意，
儿子疼媳实里又实在。
有那胡搅蛮缠的儿媳妇，
看见公婆就生气，
她把公婆当仇敌。
逢人就说公公不好婆婆赖，
逢人就讲公婆做事不是那样的。
我问你，你对公婆跟你亲爹亲娘可一样？
光知道往外说，也不怕别人耻笑你。
走娘家花钱再多你不生气，
挎包里装的都是满满的。
先买鸡蛋后割肉，
又买鸡来又买鱼。
好果子好糖好点心，
又买冰糖和蜂蜜。
香蕉苹果葡萄干，
橘子柚子砀山梨。
时尚礼品买几样，
样样东西都买齐。
雪花啤酒买两箱，
也省得岳父再着急。

买好礼品车发动，

小两口高高兴兴走亲戚。

夫妻俩坐在车子上，

张口唱起梆子戏。

沙家浜、红灯记，

阿庆嫂舌战刁德一。

说着唱着来得快，

一刹时，来到岳父庄头起。

进庄就把喇叭按，

嘀、嘀、嘀——按按喇叭抖抖威，

顺着大路往前跑，

车一掉头往正西。

来到岳父门口车停下，

惊动了左邻右舍老邻居。

她大娘她婶子还有她哥她嫂子，

下了车就把香烟散，

后备厢里拿东西。

把礼品提到屋里去，

坐下喝茶抽烟把话提。

要知道慌坏哪一个，

慌坏了岳父岳母两个人。

光陪客找来好几个，

又做了满满当当一桌席。

吃香的喝辣的，

嘴里吃得油乎哩。

俺常年不能喝您一口水，

落过都是公婆的。

我问你你娘家娘领闺女咋恁主贵，

人家领儿的咋恁倒霉。

你处处光择人家不择己，

你做事可能都是那样的。

你胡闹三光不当日子过，

这都是你娘家娘的鬼把戏。

千错万错你的爹妈没有错，

你公婆百条不称你心里。

人常说山上石多玉石少，

世上人多君子稀。

你手拍胸膛想一想，

你这样做事咋不怕天打五雷击。

两家老的不一样待，

上神见怪了不得。

有朝一日找着你，

到时候后悔来不及。

我劝你悬崖勒马回头转，

孝顺公婆应该哩。

你只要能听我的劝，

一天云彩散得光油的。

亲戚说你好，邻居夸奖你，

都夸你娘家娘教育的好闺女。

你知情知理孝公婆，

你的小孩也不差义。

踏着你脚印往前走，

长大对你也孝顺。

有朝一日孙子抱，

白胖的娃娃抱怀里。

吃砂糖喝蜂蜜，

小日子过得火火的。

倘若不听我的劝，

到后来有你吃的亏。

打公骂婆心眼坏，

人家说都是你娘家娘交代的。

四邻八家不和睦，

亲朋好友看不起你。

这个恶名传出去，

将来咋给你儿说亲戚。

你的儿说不着媳妇拉寡汉，

你说他可能轻饶你。

张口骂抬手打恼起来他要扒你的皮。

我劝你回头回头快回头，

孝顺老人应该的。

做一个贤惠的好媳妇，

人人向你来学习。

唱到这里揽一板，

愿天下能多出好儿媳。

（表演者　柴治国）

老焦摆宴

(唱词) 郭修文

唱的是省里调查组将来到，
齐县长在宾馆等待作汇报。
他猛听宾馆楼下吵嚷嚷，
忙贴近窗口往下瞧。
院里围着人一群，
还有一桌酒菜已摆好。
桌边站立一汉子，
正在吆喝喊声高：
(白)"哎，请省里来的首长听着，
我老焦今天宾馆摆酒宴，
四样小菜别嫌孬。
我这里斗胆鸣冤告御状，
请首长为民做主讲公道！"
齐县长闻听此言毛发炸，
心里想，好你个天地不怕的大老焦，
为化肥案你曾告到省纪委，
没结案你今天又来添热闹。
倘若首长得底细，
这个漏子可不小，
定追究我乱批条子卖化肥，
支持了官倒和私倒。
这件事如今能捂还是捂，
关键时公安人员哪儿去了？

想到此怒气冲冲下楼去，

宾馆门口用眼瞄，

但只见一个老头儿微微笑：

"同志，这四样小菜可不孬。

倒不如卖个人情请请我，

有啥心事跟我唠叨。"

老焦说："跟你唠叨有啥用，

何必白白添烦恼。"

老头儿说："我劝你上了年纪别动怒，

来来来，咱们一边吃喝一边聊。"

说话间提壶斟下两盅酒：

"小兄弟，咱拿起筷子先叨叨。"

老焦说："慢，你这老哥真爽快，

你可知我这样请客啥门道？

说对了，咱就酒逢知己千杯少，

说不对，请你走开别干扰。"

这老头闻听连说："好好好，

我若讲错请指教。

有道是醉翁之意岂在酒？

这四样小菜藏机巧。

头一样名叫小葱拌豆腐——

青是青，白是白，一清二白才公道。"

（白）"好！"大老焦不由得叫了一声好，随后又叹道，"一清二白，主持公道，难找啊！老哥，喝酒！喝酒！""好，喝酒！"

"第二样，爆炒辣椒味道好，

能吃辣，能拿热要仔细推敲。

三一碟本是包河无丝藕，

（白）包公铁面无私（丝），好！

这个菜虽然普通却寓意妙。

四一碟清水莲子真不赖，

取意廉洁品格高。

四样菜配上一壶清心酒，
咱哥俩结成一对忘年交。"
大老焦举杯正待把杯碰，
台阶上下来县长齐志高：
"哎，你们二人想干啥？
竟敢在宾馆门前摆宴瞎胡闹。
老焦啊，那个事不是专案正在搞，
你何必越级往上找？"
那老头儿转身望着大老焦：
"兄弟呀，既然是县里正审查，
你耐心等待就是了。
何必性子这么急，
舍近求远为哪遭？"
老焦说："这里的弯弯你哪知道，
县里专案组本事高，
好像我讲真话的是瞎造谣，
眼看着我这个原告变被告。
我今天连你齐县长一起告，
咱们手拉手地会'老包'。"
齐县长说："很好嘛，这很好，
要上访我可以给你们当向导。"
说话间带领二位出宾馆，
正好遇见司机大老曹。
老焦和老头儿坐进车，
县长授意直开月牙桥。
大老焦他们被送进拘留所，
更火冒三丈叫齐志高：
"你随便扣押上访人，
大胆敢把天来包。
你巴掌再大难遮天，
我老焦天塌就是不弯腰。"

且不言他二人在拘留所里说啥话，

回头再表齐志高，

他惊魂已定心中喜，

这一幕亏得调查组没看到，

看起来我是福大命大造化大，

从今后遇难呈祥官位牢。

想到此嘴角一咧嘿嘿笑，

又接着准备汇报打腹稿。

一二三先把条目罗列好，

甲乙丙大条里面套小条，

ABC 典型例子不可少，

风马牛只要沾边别漏掉。

先汇报顺应民心惩官倒，

再汇报廉政措施十余条，

按常规下边讲来上边听，

至多再走马观花瞧一瞧。

齐志高瞒天过海正得意，

进来了小车司机大老曹。

老曹说："县长、县长，事不好，

沉香阁里是个空旮旯儿，

调查组微服私访出去了！"

老齐说："还不派人去寻找！"

老曹说："不用找来不用问，

私访人被你关进月牙桥。"

(白)"怎么，被我关起来了？莫非是那个老头儿！"

"他是单独来的，没跟调查组一路。""啊？"

齐志高一听傻了眼，

霎时间好似冰镇大雪糕！

这就是，老焦摆宴一小段，

下回书，齐县长停职在家写检讨。

两颗大金牙

（山东快书）方显军

贸易公司的李金华，

啃烧鸡硌掉了两颗大门牙。

从此他说话总是喝住嘴，

"呜噜噜"听不清说的是什么。

（白）"你属啥？""我属虎。"

"你多大？""四十五"。

"你干啥？""是秘书。"

前不久托人镶了牙一对儿，

单现款整整花了七千八。

镶牙后一说三笑咧开嘴，

常露出锃锃闪亮的大金牙。

（白）"你属啥？""我属鸡。"

"你多大？""四十一"。

"你干啥？""是经理。"

要不是耳朵把路挡，

他的嘴保准能一下子咧到后脑瓜儿。

自此他搽油抹粉更风流，

整天价寻找刺激图潇洒。

这一天，他西装革履出了门儿，

逛罢大街上酒吧，

歌舞厅买了一张入场券，

那眼珠滴滴溜溜直扑达：

（白）"哂哂，哂哂，哂哂哂……"

他这里正在猎取意中人，
呵，好一个摩登女郎把他拉：
（白）"哎哟，你怎么才来呀！"
这女郎柳叶眉、瀑布发，
浓妆艳抹像朵花儿，
一步三扭如风摆柳，
一说三笑把他抓：
（白）"先生，我陪你好吗？"
"哂哂哂……谢谢，谢谢！"
他二人手挽手地入舞池，
漂荡在五彩缤纷的灯光下。
脚踏着节奏轻轻地摇，
不一会儿眉来眼去表心芽。
首先说男欢女爱开放好，
接着是你呀我的互相夸。
两个人越跳越捧越带劲儿，
就好像久别的恋人亲无暇。
跳罢了"三步"跳"四步"，
"华尔兹"过后扭"伦巴"。
她轻轻抠了他的肩膀头，
他借机就把她的后腰抓。
跳着跳着到暗处，
突然间，你搂他抱吻面颊。
吻过面颊咬舌头，
直咬得那金华，骨也酥、肉也麻，
头也晕来眼也花，
如痴如醉像傻瓜。
（白）就这样……
舞曲结束散了场，
李金华殷勤地就把水果拿：
"亲爱的，你吃……"

他手拿着苹果递过去,

却不见女郎她在哪儿。

抓起苹果用牙咬,

(白)"唉,唉,唉——"

一连三口没咬下,

抬起手来摸一摸,

"啊! 怎么不见我的两颗大金牙呀?"

(白)"女……郎! 哎呀,我的……牙!"

他边喊边叫往外追,

"乓,乓"又栽了一个大马趴。

不但上边俩金牙没找到,

下边的门牙又掉俩。

这就是李金牙艳遇一小段儿,

一吻吻掉了七千八。

(白)对,还赔上了下边儿俩门牙呢。

刘大妈夸媳妇

（五马琴书）张浩林

秋高气爽风飒飒，
果满枝头映彩霞。
书香谯城人心暖，
药都开遍文明花。
城东十里刘家洼，
出了位模范媳妇马艳华。
电视台记者文侠去采访，
正碰上艳华的婆婆刘大妈。
问声大妈身体好，
今天专门采访您老人家。
白"采访我?"
是啊!
你家有位好媳妇，
在咱当地传开啦。
刘大妈闻听开了口：
哈哈,我儿媳艳华说个好字不是夸。
好字后面有故事，
还得俺从头对你拉。
五年前说亲向俺要彩礼，
一张口就是八万八。
她说这里有讲究，
预示来年发发发。
苹果手机六千六，

六六大顺福来家。

双层楼房六间整，

她说是小康一步到位啦。

为娶她俺欠下一屁股债，

为娶她俺省吃俭用钱不花。

进门来不去厨房把饭做，

三天两头回娘家。

第二年生下娃娃白胖小儿，

随手推给我这个妈。

她言讲，带孩子我本没有啥经验，

毛手毛脚会出差。

你的孙子你来带，

这可是世俗习惯啦。

记者给俺评评理，

这娘带儿乱了哪家章和法？

自从咱书香谯城活动后，

村村面貌变化大。

阅览室众人读书成习惯，

球场上往来拼杀把油加。

打牌赌博再不见，

大妈们广场舞跳得火辣辣。

邻里间互帮互助更和睦，

乡亲们尊老爱幼风气佳。

艳华她钻研科技爱读书，

做人做事大变化。

测土壤，调肥料，

她给土地把脉把。

建起了蔬菜大棚十多亩，

引来了购菜商人抢着拉。

为乡亲免费推荐新技术，

为乡亲信息共享送到家。

她言道,老人家她把儿子来养大,

小孙孙不该再去闹腾她。

前一阵我病倒床上不能起,

艳华她二话没说把我拉。

卫生院我住十天整,

儿媳她喂药送饭又端茶。

我说道,艳华啊,这些天真是辛苦你,

艳华说,谁让您是俺的妈。

今年里她妹妹正逢出嫁走,

她劝妹妹莫学她。

不跟人家要彩礼,

办事花钱嫂嫂拿。

昨天前去订嫁妆,

艳华她一把拿出五万八。

记者文侠微微笑,

拇指一伸点赞啦:

大妈,等明天咱们把她播出去,

让大伙好好学她马艳华!

这正是:

书香村居春风暖,

精神文明遍地花。

社会和谐同进步,

实现小康信心大。

美丽亳州

（相声）邢鸣林

甲：今天由我给大家说段相声，

乙：你好！

甲：你好！这段相声说的是——

乙：你好！

甲：我不好！我正在演出，你是谁呀？

乙：我是谁？你都不知道？

乙：老子——

甲：你怎么上来就占我便宜？

乙：谁占你便宜了！

甲：那你说老子？

乙：我说的是老——子——

甲：你说的是历史名人老子——

乙：是我爷爷——

甲：道教鼻祖，德高望重。

乙：庄子是我大伯。

甲：理论高深，文采飞扬。

乙：曹操是我小叔。

甲：思想家、军事家、文学家。

乙：华佗是我大哥。

甲：外科专家，悬壶济世。

乙：花木兰是我小妹。

甲：替父从军，巾帼英雄。

乙：陈抟是我二哥。

甲：睡觉大王。

乙：你才睡觉大王？怎么讲话呢。

甲："王坦活到八百岁，不隔陈抟一觉睡。"一觉睡了八百年，不是睡觉大王，是什么？

乙：他是在练功。

甲：练什么功？

乙：睡功。

甲：睡觉练功？

乙：陈抟老祖似睡非睡、似醒非醒、似云非云、似雾非雾、静心养身、睡觉练功。

甲：超凡脱俗。

乙：我家还可以吧？

甲：可以、可以！上流家庭，绝对可以。

乙：有啥要帮忙的？

甲：没有、没有！

乙：有事找兄弟。

甲：上哪儿找你？

乙：上我家。

甲：你家住哪儿？

乙：我家住在亳州城。

甲：亳州城。

乙：亳州城。

甲：亳州城。

乙：亳州城。

甲：亳州城。

乙：亳州城。

甲：亳州城。

乙：亳毫只一横之差，没文化。

甲：我都读60多年的亳州城了。亳州城有啥特色？

乙：亳州是中华药都，历史文化名城，有3700多年的历史。是活力之城、美丽之城、幸福之城、武术之乡、长寿之乡、二夹弦之乡、五禽戏之乡、三曹故乡。

甲:三曹我知道,曹操、曹植、曹丕(丕读成不)。

乙:曹丕(读成不)是谁?

甲:魏文帝曹丕(读成不)。

乙:魏文帝曹——丕——(呸甲一脸唾沫星子)白字先生。

甲:我都读60多年的曹不——了。

乙:曹丕住在哪儿?你知道么?

甲:我知道,魏文帝曹丕当然住在皇宫里。

乙:曹丕住在三国揽胜宫。

甲:亳州博物馆啊!

乙:曹丕的小老婆甄氏住在哪儿?

甲:和曹丕住一个房间。

乙:甄氏住在花戏楼。

甲:听戏方便。曹植住哪儿?

乙:曹植没得住。

甲:怎么会?

乙:曹植被曹丕逼得在曹巷口小胡同里溜达过来溜达过去……

甲:别溜达了!

乙:不溜达不管啊。

甲:为啥不管?

乙:曹丕逼他七步成诗,"煮豆燃豆萁,豆在釜中泣。本是同根生,相煎何太急?"

甲:边溜达,边作诗。

乙:知道曹植溜达、溜达、溜达哪条道上去了?

甲:哪条道?

乙:运兵道。

甲:运兵道啊?

乙:运兵道口有个大石墩。

甲:啥石墩?

乙:夏侯惇。

甲:运兵道里还有啥?

乙:还有一口大锅。

甲:杀猪锅?

乙:姜老锅。

甲:姜老锅里炒的什么菜?

乙:从马三元里拔的油麦菜。

甲:油麦菜一炒就熟。

乙:火太大一炒就糊。

甲:谁烧的火?

乙:仲星火。

甲:他是亳州人。菜炒煳了也得喝两盅。

乙:喝两盅。

甲:喝的啥酒?

乙:汉献帝喝剩下的小酒。

甲:啥小酒?

乙:古井贡酒。

甲:好酒。

乙:喝着美酒,听着小曲。

甲:听的啥小曲?

乙:西楚霸王项羽听过的小曲。

甲:啥小曲?

乙:高炉特曲。

甲:高炉特曲是听的呀!

乙:是听的。

甲:咋听?

乙:你没听说过,"张良品玉箫,四面楚歌声",好听。

甲:张良一支竹箫把项羽的队伍给吹散了。

乙:张良后来做了宰相。

甲:哎,张良跟你啥关系?

乙:他是我二大爷。

甲:你家还有什么人?

乙:我家还有四个美女亲戚。

甲:哪四个?

乙:沉鱼、落雁、羞花、闭月。

甲:四大美女?

乙:漂亮吧?

甲:漂亮。西施、貂蝉、王昭君、杨贵妃是他家亲戚?

乙:先说西施吧。

甲:西施是你家啥亲戚?

乙:伍子胥知道吧?

甲:吴王夫差的干爹。

乙:西施是夫差的妃子,她叫伍子胥什么?

甲:叫什么?

乙:干公公。

甲:伍子胥跟你啥关系?

乙:他是我表大爷。

甲:西施就跟你家有亲戚了。

乙:她是我干表嫂。

甲:干表嫂?

乙:中国第一美女是我干表嫂。

甲:那落雁是你家啥亲戚?

乙:昭君出塞知道吧?

甲:昭君出塞,和亲远嫁。

乙:我家亲戚。

甲:啥亲戚?

乙:表姑姑。

甲:说来听听。

乙:蔡文姬知道吧?

甲:塞外女诗人,胡笳十八拍,那叫好啊!

乙:曹操的表妹。

甲:蔡文姬跟王昭君啥关系?

乙:双胞胎姐妹。

甲:曹操是你什么人?

乙:我小叔。

甲：我把这茬给忘了。

甲：那貂蝉是你家啥亲戚？

乙：貂蝉是我干妹。

甲：怎么个干法？

乙：王允丞相是貂蝉的干爹。

甲：不错。

乙：王丞相跟曹丞相啥关系？

甲：不知道。

乙：孪生丞相。

甲：我只听说过孪生兄弟，没听说过"孪生丞相"。

乙：同朝为官么！

甲：貂蝉也管曹丞相叫干爹。

乙：干叔叔。

甲：曹丞相是你小叔。

乙：貂蝉是我干妹妹。

甲：那杨贵妃是你家啥亲戚？

乙：亲得很呀——

甲：说来听听。

乙：杨贵妃的老公叫啥？

甲：李隆基。

乙：李隆基姓啥？

甲：姓李。

乙：老子姓啥？

甲：姓李。

乙：老子的儿子是谁？

甲：是谁？

乙：李隆基。

甲：老子是你什么人？

乙：我爷爷。

甲：杨贵妃是你什么人？

乙：我爷爷的儿媳妇。

甲:你妈呀!

乙:你说呢?

甲:我被你搞糊涂了,你到底是谁?

乙:我是谁?

甲:你是谁?

乙:我是县官"王瞎打"。

甲:三板子打死王一尺,这事我知道。

乙:打死了王一尺,康熙皇帝不乐意了。

甲:他不乐意啥?

乙:王一尺的母亲是康熙皇帝的奶妈。

甲:得罪康熙皇帝喽!

乙:朱之廉自锁铁链进北京了。

甲:进京请罪。

乙:到了北京,我找到老乡北京大学教授佘树森。

甲:他是亳州人,找他给你写个诉状。

乙:他不干。

甲:为啥不干?

乙:他说他只写散文,不写诉状。

甲:那咋办?

乙:我又跑到合肥找邸乘光。

甲:他也是亳州人,他给写了。

乙:他说他只研究哲学,不写诉状。

甲:亳州名人如云,你再找其他人。

乙:我又跑到西安找飞船专家屈绍波教授。

甲:他也是亳州人,他写了?

乙:更麻烦了。

甲:怎么啦?

乙:他把我装进飞船里,一按电钮,呜——飞上天了。

甲:那好玩呀!

乙:我急坏了,可着隋兰奎的喇叭嗓子大声喊:"屈教授——快放我下来——。"

甲:下来干啥?

乙:我忘了带几位朋友。

甲:哪几位朋友？

乙:孙瞎子、包志安、杨金贵、王云谋、刘二狗……（看见现场观众可任意增加）
　　还没上来呢。

甲:你带那么多朋友，飞船能坐下吗？

乙:构建和谐社会，大家一块旅游。

甲:现在不让公费旅游。

乙:不是公费。

甲:私费？谁掏腰包？

乙:我掏腰包。

甲:你哪来那么多钱？

乙:改革春风吹吹吹，

民营企业沐春晖。

美丽亳州赛天堂，

俺到天堂比一回。

甲:看看是天堂美，还是亳州美？

乙:上有天堂，下有亳杭。

甲:上有天堂，下有苏杭。

乙:亳州比苏州美。

甲:还是苏州美。

乙:还是亳州更美。

甲:苏州有寒山寺。

乙:亳州有华祖庵。

甲:苏州园林秀气。

乙:亳州芍花美丽。

甲:苏州有工业园。

乙:亳州有大药行。

甲:苏州丝绸质地柔软，太太爱穿，舒服。

乙:亳州丝绸薄如蝉翼，姑娘喜欢，透明。

甲:苏州评弹音韵和谐大家喜欢。

乙:亳州二夹弦韵味无穷上过央视。

甲:苏州人有礼貌讲道德。

乙:跟亳州人学的。

甲:怎么可能?

乙:《道德经》谁写的?

甲:老子。

乙:老子哪里人?

甲:亳州。

乙:这就对了。

甲:苏州有一首好诗,叫《枫桥夜泊》。

乙:亳州的好诗多了去了!叫《短歌行》《蒿里行》《苦寒行》《秋胡行》《善哉行》《塘上行》《燕歌行》《猛虎行》《钓竿行》《董逃行》《薤露行》《折杨柳行》《月重轮行》《上留田行》《丹霞蔽日行》《艳歌何尝行》《大墙上蒿行》《却东西门行》《野田黄雀行》《煌煌京洛行》《步出夏门行》《名都篇》《白马篇》《美女篇》《观沧海》《龟虽寿》《洛神赋》……

甲:歇歇、歇歇。

乙:还多着呢!

甲:亳州诗人多,诗歌也多。

乙:就连娃娃牙牙学语说的:

"锄禾日当午,

汗滴禾下土。

谁知盘中餐,

粒粒皆辛苦。"

甲、乙(合):也是亳州的!

甲:苏州姑娘美丽。

乙:亳州小伙漂亮。

甲:亳州小伙帅气,做了苏州的女婿。

乙:苏州姑娘帅气,成了亳州的媳妇。

甲、乙(合):亳州美丽!

甲:美丽亳州,日新月异。多亏了你们这些"土豪"。

乙:"土豪"多难听!我们是民营企业家,上北京开过会呢!

甲:好了、好了,快走吧。

乙：别急、别急！

甲：又怎么啦？

乙：梆剧团还没来呢。

甲：带梆剧团干啥？

乙：梆剧团正在拍摄二夹弦戏曲电影《神兵道》，去王母娘娘的瑶池拍点外景。

甲：好家伙！快走吧。

乙：别急、别急！

甲：又咋啦？

乙：我忘了带西关的牛肉馍、大隅首的阿福兔肉、北门口的甜马糊——

甲：亳州小吃，天上没有。

乙：快停下！

甲：又咋啦？

乙：喂——快上来呀！

甲：谁呀？

乙：一个大美女。

甲：哪个大美女？

乙：杨贵妃。

（表演者　马天军　蒋子龙）

难得糊涂

（表演唱）张绳初

说糊涂,道糊涂,糊涂难得,难得糊涂。

你看那一群漂亮的小伙,明知当兵要吃苦,

还穿上军装,紧握钢枪,守卫边疆乐悠悠。

哎,你说糊涂不糊涂？喷喷,糊涂难得,难得糊涂,难得的糊涂呀,糊涂难得,难得糊涂。喷喷哟哟！哈哈哈哈哈哈哈哈哈哈！

说糊涂,道糊涂,糊涂难得,难得糊涂。

你看那一群美丽的姑娘,明知做工要受累,

还穿上工装,劳作于车间,挥洒热血写春秋。

哎,你说糊涂不糊涂。喷喷糊涂难得,难得糊涂,难得的糊涂呀,糊涂难得,难得糊涂。喷喷哟哟！哈哈哈哈哈哈哈哈哈！

说糊涂,道糊涂,糊涂难得,难得糊涂。

你看那神农的子孙,明知种田得利小,

还扛着太阳伴着月亮,辛辛苦苦修地球。

哎,你说糊涂不糊涂？喷喷,糊涂难得,难得糊涂,难得的糊涂呀,糊涂难得,难得糊涂。喷喷哟哟！哈哈哈哈哈哈哈哈哈！

说糊涂,道糊涂,糊涂难得,难得糊涂。

你看那一群文字的奴隶,明知写经不如念经好,

还夜以继日,握住笔杆,傻里傻气著经书。

哎,你说糊涂不糊涂？喷喷,糊涂难得,难得糊涂,难得的糊涂呀,糊涂难得,难得糊涂。喷喷哟哟！哈哈哈哈哈哈哈哈哈！

说糊涂,道糊涂,糊涂难得,难得糊涂。

你看那一群国家的干部,明知有权好捞钱,

还为政清廉,一尘不染,甘做人民老黄牛。

哎,你说糊涂不糊涂?啧啧,糊涂难得,难得糊涂,难得的糊涂呀,糊涂难得,难得糊涂。啧啧哟哟!哈哈哈哈哈哈哈哈哈哈!

欠我一个吻

［普法喜剧小品］庄稼

人物　司法所长——女,二十七八岁。

　　　梅楚义——所长丈夫,养猪场场长。

　　　表兄(壮男)、表奶(老妪)由一人扮演。

地点　梅楚义家。有沙发、桌椅等摆设,墙上大挂历一张,夫妻合影照一幅。

幕启　(梅楚义,心情烦躁地上)

楚义　(念)我叫梅楚义,绰号没出息,

　　　　　结婚已三年,还是没有妻!

场外搭架子:哈……胡说,结婚三年了,怎么没老婆?

楚义　唉!(念)俺老婆,事情多,一出发就是十天半个月。弄得我,自己吃,自己喝,晚上自己暖被窝,和没有老婆差不多。

场外　你老婆是干啥的?

楚义　小干部,厅(庭)长。

场外　啊!厅局级干部还小呀?那是大干部!

楚义　她不是省里什么厅厅长,是我们乡司法所长,至多也只是个副科级干部。

场外　那她咋这么忙呢?

楚义　党中央发出依法治国号召,市、区司法局到处宣传法制,老百姓法律意识都增强了,一遇到麻烦,都走法律程序,你说她这个司法所长能不忙么?这次出差,都走了——(看日历)整整二十一天了,就是老母鸡抱窝,也该出小鸡了。(摘下照片)我的老婆来,我真想你呀!

所长　(提包上)楚义,我回来了!

楚义　啊!七大姨、八大姑,天上掉下个稀罕物。亲爱的,你可回来了!(欲

抱,被推开)

所长　看你。我一身灰尘,先让我洗洗脸再说。(向洗手间走去)

楚义　对! 洗洗脸,抹雅霜,那时再吻甜又香!(向内)

所长　(上)看,我才几天不在家,家里让你弄得像猪圈样!

楚义　我等会儿就打扫。(把妻子推坐在沙发上,刚想吻,表兄敲门)

表兄　开门,开门,快开门!

楚义　谁呀? 来得真不是时候。

表兄　我,你表兄,王大愣。

所长　(忙起身)表兄来了,肯定有事,开门去。

楚义　(不高兴地开门)有啥事? 说吧!

表兄　跟你说不行,我找弟妹。(奔向所长)弟妹呀,快救救我,我摊上大
　　　事啦!

所长　什么事? 慢慢讲。

表兄　昨晚上我在外边喝多了酒,回来后,你表嫂老是嘟囔我,我一生气揍了
　　　她一顿,她今早晨竟写了状纸到法庭告我去了,这——可会有事?

楚义　有事,你摊上大事了! 打老婆是侵犯人权,法庭准得判你个——(问妻
　　　子)什么罪?

所长　家庭暴力罪。

表兄　这怎会呢? 自从盘古开天地,哪有丈夫不打妻的,这也犯法?

所长　犯法! 现在新颁布的"家庭暴力"法,你没学习过?

表兄　我——普法宣传时,我干活儿没去听。这会判刑吗?

所长　这要看打得轻重,轻了叫暴力行为,应批评教育;重了叫暴力罪,那是
　　　要负法律责任的。

楚义　你打得怎么样?

表兄　也不重,脸被我打肿了,腿也打跛了。

楚义　够了,至少要判个两年,你就等着上大牢吃不要钱的牢饭吧!

表兄　(扑通跪在所长面前)弟妹呀,我不想坐牢,你要救救我呀!(哭)

所长　(拉起表兄)你们这些男人,大男子主义严重,经常侵犯妇女人身权益,
　　　没法救!

表兄　弟妹,不,所长。我家里还有八十岁的老娘,三岁的儿子,我要蹲了大
　　　牢,他们咋办? 你一定想法救救我。

所长　法子只有一个,你回去向表嫂低头认错,争取她的原谅,并保证以后不再打人。如表嫂能原谅你,主动撤诉,这还有一线希望。

楚义　快回家向表嫂磕头认错吧,别在这里耽误时间了。

表兄　是!我回家认错去!(下场,楚义关上门)

楚义　快走吧!(欲抱,被推开)

所长　别忙,我问你,你们养猪场里职工有没有打老婆的?

楚义　没有,绝对没有!人不常说嘛,村看村,户看户,职工看干部。我这个场长都怕老婆,他们谁敢打老婆?

所长　(笑)哈……好嘴好嘴,哄死人的好嘴!

楚义　我的嘴就是好,又香又甜。

表奶　是我,楚义呀,快给表奶开门。

所长　表奶来了(推开楚义),我开门去!(开门)

表奶　孙媳妇,快救救我,我摊上大事了!

所长　表奶进来坐,什么事,慢慢说。

楚义　你能摊上什么事?不吸毒,不赌博,退休金,两千多,捋着胡子把香油喝!你老跑来打什么岔呀?

表奶　我不是来打岔,真出事了!

所长　出什么事了?

表奶　昨天晚上,我正在家里看电视,俺娘家侄二赖子跑来找我,要我给他两千块钱。

所长　他要钱干什么?

表奶　他说在麻将场上,和人家打架,一砖头把人家给砸死了!

楚义　啊!砸死人了?那等着抵命吃枪子吧!

表奶　当时是砸晕了,经过抢救又捣鼓活了。

所长　(松口气)活了还算万幸啊!

表奶　我侄子怕公安局抓他,就跑来向我借两千块钱,逃跑了。

所长　钱你借给他了?

表奶　借了,我娘家就这一个侄子,我能不借么?可是有人对我说,我借钱借犯法了。

所长　是犯法了。

表奶　我又没打伤人,我光借钱给他,我犯的什么法?

157

所长　普法宣传队下乡,你没去学习过么?

表奶　没有,我这么大年纪,还学它干啥?

楚义　你不学习法律,犯法都不知道怎么犯的。我告诉你,根据法律,你借钱给犯罪嫌疑人,轻的是包庇行为,重的是包庇罪,你等着坐大牢吧!

表奶　啊?我这么大年纪要坐牢,肯定坐不到刑期,就伸腿翘辫子了。表孙媳妇,不,法官大老爷,你要救救我呀!(给所长下跪)

所长　表奶快起来。现在唯一的补救办法,是去派出所投案自首,说明你侄子什么时候来借的钱,准备逃到哪里去,争取法律上从宽处理。

表奶　这我知道,他是昨晚上十点半来借的钱,准备跑到浙江温州他小舅家去躲避起来的。

所长　好,你就赶快去派出所投案吧,要如实交代。

楚义　对,快去吧!

表奶　我,我害怕,不敢去咋办?

所长　那好,我正准备到法庭去办点事,我领你去。(提包欲走,被楚义拦住)

楚义　不行,你不能带她去。

表奶　为什么?

楚义　她、她还欠我一样东西呢!

表奶　欠你什么?我加倍还你行吧?

楚义　你、你、你还不起。

表奶　什么东西我还不起,你表奶我有钱(掏钱),看,欠你什么,我赔。

楚义　这东西是用钱买不来的!

表奶　那是什么东西?

楚义　她、她、她欠我一个吻,你还吧!

表奶　吻是啥玩意儿?

楚义　吻就是、就是两口子亲嘴。(不好意思捂脸)

表奶　你奶奶个臭脚,等把我的事办好了,你们回来再吻吧!(对所长)咱走!(和所长下)

楚义　(追出门)老婆,快回来呀!

——幕　落

谯城村居书香

（唱词）许美玲

秋高气爽金菊飘香，
文艺名家欢聚一堂。
习主席召开座谈会，
高瞻远瞩指方向。
书为人民写，
戏为人民唱，
火热生活是土壤，
要为文坛添华章。
服务是宗旨，
传递正能量。
社会效益第一位，
金钱面前不迷茫。
伴书香，村居上，
一台戏、一面墙，
三堂课、挂中堂。
大广播、听书忙，
小书橱、进农房。
微信红包发远方，
经典味道话家常。
民风乡风美起来，
晚风广场喜洋洋。
说唱戏曲唱起来，
人民欢畅咱欢畅。

要做人民的孺子牛，
老百姓是咱爹和娘。
一花独放不是春，
百花齐放春意盎。
实现百年中国梦，
伟大祖国更富强！

（许美玲演唱）

情暖九连潭

（坠子书）李心清

亳州城风光无限百花艳，

涡河岸松柏苍翠柳含烟。

咱们的交通音乐广播台，

把欢乐送到千家万户间。

组织了雷锋汽车队，

涌现出好人好事万万千。

万花丛中赞一朵，

恁听俺，唱一位舍己救人好青年。

唱的是，风光秀丽九连潭，

有一位大嫂在水边。

只见她一会儿蹲，一会儿站，

一会儿伸头把腰弯。

原来她正拍风景照，

好景致，让亲戚朋友都看看。

好山好水惹人爱，

这大嫂越拍越喜欢。

顾不上脚下路滑石头乱，

顾不上微风吹来阵阵寒。

突然间，脚下一滑腿一软，

这大嫂"扑通"掉到水里边。

大嫂她奋力挣扎想上岸，

吓坏了同游的女儿小丹丹。

妈妈妈妈你快上岸，

恁些水丹丹弄不干。
有好多好看的地方咱还没去看，
有好多好玩的地方咱还没去玩。
昨天你给我买的新裙子，
今天还没给我穿。
小丹丹又是哭来又是喊，
从那边跑过来一位青年。
这青年名字叫王磊，
家住亳州城里边。
雷锋车队当队长，
做过的好事说不完：
他多次免费接送高考生，
也曾帮客人寻回丢失的钱。
这一回忙里偷闲到黄山，
为的是陪同爱人来游玩。
王磊一听有人喊，
快步如飞奔这边。
边跑边朝水里看，
见一缕黑发水上翻。
好王磊，不怠慢，头一低，腰一弯，
打个箭步冲上前。
就好像，追月的流星、离弦的箭，
嗖一声跳到水里边。
王磊他奋不顾身救大嫂，
只吓得他的爱人打颤颤：
王磊王磊小心点，
救人可不是闹着玩。
你游泳技术不咋的，
感冒发烧三四天。
天是这么冷，
风是这么寒。

手上有伤口，

俩腿关节炎。

父母年迈靠你养，

孩子上学靠你挣钱。

你若有三长共两短，

咱家里可就塌了天。

且不说，他爱人岸上连声喊，

王磊水里正作难。

他一心要把大嫂救上岸，

哪知道救人的技巧可不简单。

王磊伸手拉大嫂，

却不料大嫂手一翻。

她抓住王磊不松手，

要想甩掉很困难。

求生的本能都一样，

临危之际盼生还。

王磊只想出水面，

那大嫂，就好像一心拉他进深潭。

出水面上岸是生路，

进深潭如进鬼门关。

好王磊，壮起胆，闭着气，咬牙关。

一用力，仰起脸，猛转身，手一翻。

他转到大嫂身后边。

手推着大嫂要上岸，

咋觉得双腿痛又酸。

且不说，王磊舍命救大嫂，

他爱人岸上泪不干：

求大地，告苍天，

观音菩萨保佑俺。

保佑王磊别出事，

保佑大嫂得平安。

这时候,潭边的游客聚一片,

想救人不会游泳也枉然。

常言说人多智谋广,

众人的智慧大于天。

人群中有位老大爷,

找来一根长竹竿。

竹竿伸向那大嫂,

要拉二人上岸边。

大嫂抓住竹竿梢,

两腿一伸又一蜷。

这一蜷一伸不当紧,

把王磊蹬向深水潭。

白:大嫂这时候半昏半迷,她也是想甩掉包袱,

可不是恩将仇报,故意要害王磊。

王磊的爱人直埋怨:

大嫂你不该胡乱弹。

咱哪辈子仇? 哪辈子冤?

哪辈子冤仇没报完?

俺哪辈子欠过你的命?

哪辈子欠过你的钱?

俺一心一意去救你,

你不说谢谢还害俺。

她对着王磊高声喊:

王磊你快快来岸边。

爹娘等着你孝敬,

咱欠的贷款还没还。

靠我自个儿力量单,

不知要拖到哪一年。

王磊他,在水中听到爱人喊,

一股暖流身上传。

白:就是啊!

我要是不能游上岸，
就得拖欠国家的钱。
想到此，他一点一点朝前游，
一寸一寸如登山。
一心一意攀上岸，
一阵一阵浑身酸。
一沉一浮多危险，
一举一动十分难。
岸上人，再往水中递竹竿，
王磊他抓住竹竿上岸边。
挪到岸上倒在地，
只觉浑身软绵绵。
这就是，英雄舍身救大嫂，
王磊美名天下传。

（演唱者：袁建芳）

劝人要有好心态

（书冒）柴治国

劝人要有好心态，遇事不要想不开。

常为别人来着想，何必生气不自在。

如若娶个媳妇不听话，仔细想想也应该。

不是你生不是你养，大闺女嫁到你家来。

与你儿子成婚配，给你传宗又接代。

待媳妇要像对待亲闺女，有啥不对多担待。

常言说两好各一好，才能和睦相处幸福来。

你的孩子大了不听话，仔细想想就明白。

如今时代不同了，社会发展相当快。

老年人讲的都是几十年的事，年轻人开口就是新时代。

老年人得了温饱就满足，年轻人山珍海味还闲赖。

那时间打工每月三十五，现如今每月都弄万儿八千块。

那时候上班骑着自行车，现如今家中轿车有几台。

诚心规劝老年人，赶快适应新时代。

年轻人谈情说爱很正常，搂搂抱抱别见怪。

从今后老年人别把闲事管，干事业还数青年下一代。

如若你老伴拙又笨，你光想她的好处别想坏。

年轻时嫁到你家没享福，给你生儿育女养起来。

白天地里把活儿干，回到家伺候老人看小孩。

好不容易才把儿女都养大，当娘的瘦成骨如柴。

儿女长大成了家，要常把老伴功德记心怀。

老夫老妻好好过，抬杠吵嘴划不来。

家庭关系处理好，邻里和睦更应该。

常言说远亲不如近邻好,有啥事喊叫一声人就来。

邻居之间常来往,没有事说说笑笑打打牌。

高高兴兴过日子,有吃有喝多自在。

劝人要有好心态,遇事不要想不开。

和谐社会讲和谐,争争吵吵身带灾。

高兴事天天想,烦恼事叫它一去不回来。

你要听了我的话,管教恁活到一二百。

（演唱　柴治国）

如此报告

（小品）郭修文

时间　现代

地点　某行政村广播室

人物　王迷怔某行政村村长

〔台上一桌、一椅、一话筒

〔王迷怔急上

王　办了点"私事儿"。牌场到会场，一脑子麻将。

〔以摸牌的动作摸话筒，不禁哑然而笑。

嘿，我当是一饼哩。

（看表）还好。三点开会四点到，

五点不误作报告。

（敲话筒）喂，各自然村请注意！各村民小组请注意，村民们：今天，我们王旯旮行政村召开广播动员大会。这次大会很重要，是一次致富奔小康的动员大会！这是一次致富奔小康的誓师大会！最近我到外地参观考察，外地的形势鼓舞人心哪！特别是改革开放以后，敞开大门，"东风"吹进来了，"南风"吹进来了，"西风"吹进来了，"北风"吹进来了！生产发展了，人民"发财"了，产业是"一条龙"，环境是"门前清"。和他们一比，我们差远了！人家"吃、碰、定"，咱呢，"十三不靠"！特别是咱王旯旮的乡镇企业起步晚，起点低，可以说是一张"白皮"！一张"白皮"呀，紧迫呀，同志们！为此，我们召开行政村干部会议，理清思路，调整结构，更新观念，决心群策群力带领全体村民奔小康！力争提前两年达到小康目标！我们的措施不是"一条"，不是"二条"，而是"八条""九条"；我们的冒尖标准，不是"一万"，也不是"二万"，而是"八万""九万"！我们提出："一万两万"不算富，"三万四万"刚起步，"五万六万"算凑乎，"八万九万"不满足。我们的措施一定要落实，做到："一四七条"抓住不放，"二五八条"当仁不让，"三六九条"条条跟上，"通天连六"创造辉煌！有一至九条，我们就能甩掉"白皮"，力争大胜十三张！嗨，我王迷怔就有这个把握！当然喽，前途是光明的，但，道路也是曲折的、不平坦的。只有克服前进道路上的阻力，我们才能甩开膀子大步前进！我们有哪些阻力呢？其一，不思进取，轻易满足的懦夫懒汉思想。有的人以为混得不错了，有吃有喝，有穿有住，比解放前强多了，离小康不远了。我说呀，你这个同志好糊涂！好可怜！好可恼！你以为你清早起蒜瓣子就馍，晚上馍就蒜瓣子，一打嗝儿一股子死蒜气就是小康？嘻，笑话！再说你住的吧，一个软床子绳捆索绑攀得像"八条"样，有你这样的小康吗？嗯？小康，起码也得睡个棕垫子床，弄个鸡蛋砸蒜，调个凉黄瓜，早晚来个四菜一汤。你这个思想，怎么奔小康？扛着"八条"就着蒜瓣子奔小康？嘻，笑话！奔小康，亏你想得出来！嘻！这二呢？是不计划生育，多子多福思想。按照政策可以生一孩、二孩，可你却挤着眼多生。在这方面，老辈人的教训要吸取。譬如小马庄的老炳，有了"一饼"要"二饼"，有了"二饼"要"三饼"，"夹五饼"是个改样的，又要了"七饼""八饼""九饼"。这下好了，人家住瓦房，你家住烟炕；人家酒肉豆腐汤，你稀饭赶不上趟；人家票子哗哗响，你"八圈不开和"，欠了一屁股账！多子多福，屁，多子多哭！你说你要恁些孩子干啥？上北京、上海卖大饼？让外地人尝尝咱王旯旮的土特产？这是教训！可有的人不吸取，大炳二炳子承父业加入超生游击队，南跑北奔，打一枪换一个地方，咋样呢？你瘦得跟"二条"样，穷得跟"白皮"样。还奔小康呢！"二条""白皮"奔小康，嘻，笑话！其三，有的小青年，进了几趟城，本事没学到，却学到了包装打扮。戴着蛤蟆镜，留着小胡子，往那儿一站，"二饼八万"！你搁老子面前美个啥呢？你穿那个鸡腿裤能蹲下干活儿不？你戴那个蛤蟆镜能耕地剔苗不？嘻，还奔小康呢！有你这样奔小康的吗？嘻，"二饼八万"奔小康，笑话！这是三。其四，有的同志，不干真事儿，不干实事儿，唯恐没事儿，没事找事儿，歪嘴吹火，一股邪（斜）气儿。你邪个啥呢？这个不行，那个不能；这样不对，那样错了。就你行？就你对！你仗着有你表叔二大爷撑腰，你仗着有一班把兄弟打气！嘿，我王迷怔就不信这个邪！千有理，万有理，不奔小康没有理！我王迷怔不是吓大的！我不管你"东西南北风"，"绿发白皮带红中"，不奔小康就不中！还可以举出一些，因为时间关系，在这里就不一一列举了。总而言之，言而总之，一言蔽之，致富奔小康是大伙的共同心愿。形势大好，形势逼人，形势不等人。我们只要克服前进中的困难，树雄心，立大志，我们王旯旮就大有希望！外边的世界很精彩，我们一定要站在堂屋门口，放眼安徽省，放眼全中国、全世界！我王谜怔坚信：那些深圳人、珠海人、美利坚大哥大人、雅克西法尼亚人,乃至外星人,也不比我们王呆夯人多长三头俩脑袋。别人能办到的,我们也一定能办到! 别人能"夹子自摸",我们就一定能"杠后开花"! 我们的口号是:

> 条饼万,一齐上,
> 东南西北大开放。
> 绿发红中树榜样,
> 甩掉白皮奔小康!
> 我的话完了,谢谢大家。

——幕落

十唱幸福

（亳州清音）方显军

党的方针政策好，
农村一片新面貌。
社会安定民心顺，
幸福指数大提高。

一唱减免农业税，
杂费提留全取消。
地补粮补农机补，
六旬养老定指标。

二唱建设新农村，
五通五有全配套。
绿化美化加亮化，
衣食住行档次高。

三唱实行新农合，
卫生所里全治疗。
小病小伤不出村，
重病救助有依靠。

四唱市场商品足，
货真价实任你挑。
电话网络能购买，
有的补贴政府掏。

五唱和谐创文明，

八荣八耻记得牢。
五讲四美三热爱，
雷锋精神起春潮。

六唱社会保障全，
注重民生促社保。
人民保险惠人民，
理赔及时又周到。

七唱交通大发展，
车船空运预售票。
天涯海角任旅游，
方便快捷态度好。

八唱便民一站式，
优质服务讲礼貌。
百姓之事政府办，
网上办公效率高。

九唱体育大普及，
晚学晨练有辅导。
锻炼器材进村庄，
打球下棋把舞跳。

十唱文化大繁荣，
影视戏曲全频道。
文化广场娱乐多，
雅俗共赏乐逍遥。

幸福生活实在美，
感谢党的好领导。
紧跟伟大共产党，
民富国强传捷报。

十唱养生

（亳州清音）方显军

珍惜生命应琢磨，
药都亳州谱新歌。
加强锻炼咱不表，
唱唱养生十要诀。

一唱头为司令部，
日梳百次疾病躲。
五十道穴得刺激，
促进血流通经络。

二唱两耳连双肾，
宜将耳轮常揉搓。
按摩拉扯都有效，
精气充沛力不缺。

三唱叩齿缓衰老，
平衡阴阳避病魔。
一天磕牙三百遍，
七老八十牙不落。

四唱唾液聚精华，
化津还丹益脑壳。
一天能咽三百次，
保你活到一百多。

五唱经常伸懒腰，

引颈展臂把胸扩。
松弛脊椎活关节，
一头银发背不驼。

六唱谷道常提撮，
收缩自如免痔疮。
日撮肛门一百遍，
治病疗疾好处多。

七唱足底穴位稠，
理应推拿常按摩。
疑难杂症难入侵，
补气提神强体魄。

八唱揉腹须坚持，
清污化瘀除病疴。
祛寒补血增活力，
五脏六腑都安乐。

九唱善于调气息，
默念五字泄心火。
嘘呵吸吹呼不断，
经通脉匀气谐和。

十唱忙后常静坐，
调神调息调脉搏。
怡养情趣长智慧，
工作出色无差错。

养生要诀要活用，
心宽量大过生活。
五谷杂粮伴素菜，
延年益寿似佛陀。

十二个月

（琴书）张学民　收集整理

正月里开迎春春风送友
周景龙与牡丹龙凤争斗
仇报仇反西凉曹操逃走
二月里开杏花草芽发青
公冶长听鸟音多听多懂
封神榜渭水河姜太公请
东吴里周公瑾飞戈强胜
三月里开桃花红里透白
开封府包文正美名千载
差人马取洛阳马五大败
四月里开梨花麦梢儿黄
唐三藏取真经西天路上
王伯当入北国招亲莽撞
五月里开石榴百草齐出
呼延庆三化身淮阳认母
出孟母母教子择邻而处
如来佛神通大面壁受苦
六月里开荷花花开满河
摩天岭买八剑仁贵大破
七月里开灵芝周夜不消
乔国老在东吴为媒作保
八月里开桂花秋风而寒
南阳关武云召一阵血战

有一个猛张飞夜过八州
窦尔敦盗御马大报前仇
走雪山曹丞相冻死山头
青白虎白沙滩假扮差公
董卓贼凤义厅父子争风
请刘备黄鹤楼三过江东
胜不如西蜀里诸葛孔明
白门楼斩吕布辕门大开
在门外李翠莲惹过钦差
拜宝塔许士林状元八台
黄贵英三修身在此草堂
上北国杨继业力保宋王
陈达官他焉有小爷儿郎
出北国杨继业碰头五虎
母教子王春娥美名留出
楚霸王葬乌江忍受羞辱
哭长城孟姜女滴血认骨
何龙通入马河有勇无谋
破洪州穆桂英生下娇娥
小秦英擗太师遇踩仙桥
保太子二进宫多亏许延召
韩姚齐全家福父子征南
战浦口收关胜弟兄归山

175

九月里开菊花菊花铺地　第一名骂闫龙名叫胡蝶
蝶素勤秦素梅鸡房教子　子不叫张居保又被雷劈
劈蔡阳古城边张飞用计　纪小唐黑水河计捉鲶鱼
十月里开松柏冬夏长黑　黑水河薛仁贵白马而回
回荆州小周郎刺杀刘备　备苍州完了工收兵典韦
十一月开水仙大雪纷纷　纷河湾薛仁贵打雁访亲
亲生子子认父还要相认　认干父回龙转王华买人
人认鬼鬼门关白胜受困　困主子刘金定力杀四门
十二月开腊梅无叶净花　花大王血王庄盘古来杀
沙陀国陈景思搬来人马　马三保双锁山死尸来铡
铡包勉跪寒坡叔嫂嚷架　驾祥云月里娥天地散花

拾金不昧

山东快书 　王进先

老李出差,到亳州来

正赶上五马三月桃花节

车水马龙热闹非凡

想买点珍品往回带

想到此一紧走几步到柜台

到柜台慌忙就解裤腰带

营业员当时吓一跳

上前就把胳膊拽

(白)哎! 同志你这是……

噢! 我的钱放在衬裤里

我解开腰带掏出来

(白)你咋放那个地方

第一次我到外地去出差

人民币丢了伍拾块

第二次把钱放到提包里

没想到丢了钱皮包也被人割开

我老婆出了好主意

把钱往衬裤里边塞

衬裤上边缝了个兜

这个兜是老婆抽烟用的皮口袋

你甭说偷甭说摸

你就是刀子割钩子拽

只要我不解裤腰带

你甭想把钱掏出来

所以说我掏钱来你警戒

（白）掏钱还要"放哨"

老李掏钱一回头

慌忙就往里边揣

（白）不行

（白）怎么啦

有个小伙往这看

我得想法把他甩

大老李左边绕右边转

好容易把小伙给甩开

到了没人的地方一数钱

一千元一叠的少一百

我的天我的地

这个小伙真厉害

看一眼还没靠我身

我的钱就能少一百

他要是跟我握握手

还不把肝和肠子都拽出来（吗）

老李气得一跺脚

这个小伙满头大汗地追上来（啦）

（白）站住！

（白）啊？你还想劫我是不是

老大爷，你刚才掏钱时候没注意

掉到地上钱一百

我拾起钱就把你赶

好容易我才追上来

（白）给你吧大爷

（白）哟！我还把他给错怪了

不：小伙子你留着花吧

现在是法制社会要学法

要懂得"五讲""四美""三热爱"

讲文明树新风

拾金不昧记胸怀

甭说是五马的小伙子

全亳州的小伙都正派

甭说你这一百块

哪怕是一千块一万块

只要不是自己的财

谁也不往腰里揣

老大爷,最近没到五马来吧

要不是赶巧桃花节

咋能跑到五马来

老大爷俺五马治安整顿经常搞

公安机关动得快

七站八所搞配合

把那些地痞、流盲、小偷、小摸全部抓起来

你看看,布告上面多明白

有的被正法有的被劳改

全部用法律来制裁

老李说,太好啦

下次还赴桃花节

下次再来就省事儿啦(白)为啥?

买东西掏钱不解裤腰带啦!

谁救娘

（快板）李绍德

葛庄有个葛大娘，

一辈子就生两儿郎，

大儿名字叫玉柱，

二儿名字叫金梁。

屎里尿里拉巴大，

谁知道娶了媳妇忘了老娘。

弟兄俩住着大瓦房，

葛大娘住的趴趴房。

弟兄俩逢年过节吃酒肉，

葛大娘两眼泪汪汪。

弟兄俩穿着"三合一"，

老娘穿的"秋风凉"．

一年三百六十天，

没听儿子叫过娘。

这一天他娘提罐去打水，

一步滑倒井沿上。

"扑通"一声落下井，

邻人喊，金梁、玉柱快救娘！

金梁慌忙拉玉柱，

哥俩走到井沿上，

望着"井筒"心发凉。

老大催着老二下：

"我得脱下的确良！"

老二光瞅他老大：

"不会游泳咋救娘？"

老大说："你咋不学罗盛教？"

老二说："雷锋精神你忘光！"

哥俩井上打嘴仗，

心里算盘拨得忙。

老娘撇下三根檩，

两人咋能分停当？

还有一把烂茅草，

是论斤呀是论两？

井台上弟兄二人丧天理，

井里老人翻波浪。

听众们请恁等一等，

我当紧下井救大娘！

谁不夸咱亳州美

（唱词）许美玲

阳光普照春色美，
唱一唱皖北亳州城，
旁白：啥？你唱亳州？
唱：对，唱一唱皖北亳州城，
亳州城来药都城，
华佗故里留美名，
亳州城来芍花城，
芍花盛开遍地红。
市花芍花遍乡镇，
药都药城最有名，
有芍药，有菊花，
有牡丹，有桔梗，
丹参玄参紫丹参，
白术白芷带黄风。
多样的药材表不尽，
还有古井贡酒最有名，
古井人古井风，古井精神万古颂，
古井贡，那真是酒香扑鼻又醇正，
味道入口香又浓。
金牌蝉联有四次，
酒中牡丹扬美名。
杨书记上任亳州市，
对工作时时刻刻不放松。
又修桥来又修路，

每条路装上监控和路灯。
路两旁绿化搞得好,
路两边芍花展笑容。
清洁工不辞劳苦来上班,
咱亳州真是一个卫生城。
改革开放大发展,
高楼大厦入云峰。
南部新区已建好,
北部新城正在建设中。
南三环来北三环,
涡河两岸好风景。
你们听一听,花戏楼里金鼓响,
你们看一看,运兵道里灯火明。
曹操公园正热闹,
火车站一列列火车像长龙。
谁不夸咱亳州好,
谁不夸咱药都城?
亳州美景表不尽,
咱亳州真是一个旅游城。

（许美玲演唱）

谁有福

（对口评说）李心清

甲:对口评说谁有福。

乙:啥? 谁有福?

甲:对,谁有福。

乙:提起福来我就想哭。

甲:你——哭啥哩?

乙:俺娘光说我有福。

甲:那好啊。

乙:(学)甭看俺二小儿嘴巴子尖,您瞅瞅,那额拉盖子有多宽(哟)。

甲:嗯,那是瘦的!

乙:(学)瘦? 您哥吃得像膘牛,我还是,喜欢我这个小皮猴。

甲:唉! 老太太偏心。

乙:(学)哪儿呀? 您哥就生一个妮儿,那是砍倒的大树——没有根儿。

甲:新社会,新风尚,男孩儿女孩儿都一样。

乙:(学)不一样!

甲:都一样!

乙:(学)不一样!

甲:都一样!

乙:(学)唉! 年轻人,懂个鸟,吸洋烟,咋还都说带把的好?

甲:那——能比吗?

乙:(学)忙牛犊儿,叫驴驹儿,点脚子儿强似花花妮儿。

甲:封建思想。

乙:当初我娶媳妇,娘就给我下任务:乖孩子,你饿了吃,吃饱玩儿,攒足劲儿
给俺生小孩儿。只要你按娘说的办,我保你,喝糖茶、吃鸡蛋,啥活也不叫

你干。你娘还给你端饭,仨月不用下床沿,你是俺祖家的宝贝蛋。

甲:哎呀,你这不是娶媳妇,是娶个繁殖后代的长毛兔。

乙:你说说,俺小孩她妈咋恁听话,叫她咋咋她咋咋。她就像打滑膛的机关炮,咚、咚、咚的……一个劲地朝外撂。

甲:好家伙!

乙:世上无难事,只要下功夫,俺四年生了五只虎。

甲:咋回事?

乙:我的孩儿,我的乖,挨边儿两对双胞胎。小的不太小,大的不很大,乖乖来,一个二个都带把儿。

甲:够厉害!

乙:你说呢?五个儿,五只虎,将来长大多威武?两架紫金梁,三根白玉柱,真管给俺撑门户。

甲:好啊。恁的任务完成了,恁妈该夸恁能了。

乙:一点不假!俺娘喜欢得不能行,成天价光夸俺俩能。(学)小二儿能,小二儿中,养的孩儿啊,是少林寺的和尚——一窝子公。

甲:像话吗?

乙:甭看俺娘说恁脆,不耽误俺两口子受洋罪。看俺哥,闲来无事遛着玩儿,我得在家看小孩儿。俺哥没事喂喂鸟儿,我成天价伺候白胖小儿。俺哥家,就像星级大酒店,到俺家,就比那猪窝还要乱。

甲:有多乱?

乙:一眨眼,事就多,这个吃,那个喝,这个冷,那个热,这个搂腿,那个绊脚,这个摔碗,那个砸锅,这个爬茶几,那个上方桌,这个摁住那个的头,那个拽住这个的脚。我的乖乖,咕咕嘟嘟滚油锅,又好像,捅八竹竿的马蜂窝。

甲:真够乱的!

乙:俺两口子真发愁,光想给俺儿磕响头天灵灵,地灵灵,老天爷,保朝廷;孩儿啦孩儿啦快长大,也疼疼你妈跟你爸。

甲:小孩大点就好了。

乙:好啥呀?当初不过要吃喝,现在大了事更多。愁得我,睡不着觉,一天到晚想上吊。求大伙给我掌个眼。

甲 掌啥眼?

乙 在哪里凑合着上吊最舒坦?

甲　不论你往哪里凑,

　　那绳勒脖子都难受。

乙　你试过?

甲　试啥?舌头伸多长,俩眼瞪多大,想想那模样都害怕。

乙　不好死?

甲　不好死!

乙　不好死,活受罪。

甲　受啥罪?

乙　乖乖来,大闺女如今咋恁贵?

甲　怪不得,你发愁,娶儿媳妇得买楼。

乙　要楼要车要三金,把我逼得头发晕。

　　哎哎哎,恁大的闺女咋不害臊?

　　我越是没钱她越要。

甲　这风气一定要改掉。

乙　你可知道我咋恁瘦?

甲　你有毛病?

乙　哪儿呀!三年都没吃过肉。

甲　看你说得多可怜,

　　买点肉能用多少钱?

乙　钱?(唱《儿大不由爹》选段,有改动。)

　　为攒钱不干活舍不得开火,

　　人家吃炒肉片我啃干馍。

　　这苦心孩子们为啥不理解,为啥不理解,为啥不理解?

甲　会理解的。

乙　(接唱)我真想喝一包老鼠药。

甲　又喝药,又上吊,你这人纯粹瞎胡闹。

乙　光想死,也不对,无奈何,我开个家庭扩大会:

　　孩儿们哪,请你们发扬风格讲低调,

　　娶不起媳妇咱甭要。

甲　啥话!

乙　我的话,还没说完,

他哥们儿就闹个"鳖翻潭"。

"老头儿,你是咋回事儿,想叫俺哥们儿打光棍儿?"

"改革开放这些年,咱家为啥没有钱?"

甲　也是啊。

乙　急得我,没有法,

扭头埋怨孩他妈:

生孩子你甭生恁稠,

你说说,咱得少盖几座楼?

你生罢一胎就上环,

我得少作多少难?

甲　有道理。

乙　(学)孩他爹,你甭发火,

小孩多也不能全怪我。

甲　是呀。

乙　你谝本事,充能干,

还不是想喝点糖茶吃鸡蛋?

甲　你讲理吗?

乙　(学)看你说得多难听,

在娘家,俺一个小孩也没生。

甲　这——大实话。

乙　我的"方针"没通过,说儿媳妇想法磨。

甲　咋磨呀?

乙　找俺姐,找俺哥,

求乡亲,求大伙,

政府也来帮助我。

二十四拜都拜完,末了还有一哆嗦。

甲　哆嗦啥?

乙　娶儿媳妇摆酒宴,

院儿里坐了一大片,

人家坐席我管看。

这个吃,那个喝,

　　　　　我在旁边咽唾沫。

甲　你也吃呀。

乙　吃的是我心肝肉，

　　你说我难受不难受？

甲　人家不是白吃。

乙　虽说也收一点钱，

　　人家往礼我得还。

甲　理所当然。

乙　看俺哥，脖梗子跟头一般粗，

　　你看我，瘦得露着肋巴骨。

　　看俺哥，玩玩电脑看看书，

　　再看俺，拉巴一窝子克朗猪。

　　看俺哥——

甲　别看了，孩多孩少谁有福，

　　明白人一眼就看出。

乙　（转身欲下）

甲　别走啊！

乙　不走？俺大孩儿二孩儿刚结婚，

　　小三、小四又定亲，

　　小五的对象后边跟，

　　啥都不要——

甲　那好啊！

乙　——要现金。

甲　那——也别急。

乙　光说不急不能算，

　　你有钱，可能捐我二百万（元）？

甲　我——

乙　（喊）谁家有钱，可能送给咱几个？（下）

甲　唉！

　　注:甲角女　乙角男

（表演者　李心清　丁秀兰）

送温暖

（山东快书）王进先

上台来，俺不打竹板敲铜板

单说说，大年三十儿这个夜晚

西北风，带着响哨儿一个劲地刮（口技）

大雪纷飞似棉团

大路上很少行人走

一派大地披银衫

猛然间，从那边过来一个人

急急忙忙往前赶

只见他，身上的积雪铜钱厚

满脸霜雪，很难分清鼻子眼

（白）有人说啦！

年三十儿都有个老习惯

辞旧岁都在这个夜晚

谁家不喝团圆酒

他雪夜奔波为哪般

正因为这是风雪夜

他的想法不平凡

他想的不是辞旧岁

想的不是迎新年

想的不是团圆酒

更没想围着火炉取取暖

他想的是，在毛泽东思想大学校

党教育培养多少年

有多少雷锋式的好战士

为革命能把青春献

他想的是毛主席的好学生——焦裕禄

为查灾情,顶风冒雪战严寒

抗病魔,斗风沙

胸中装着兰考县

他想的是五保、四属孤寡人

怎挡漫天风雪寒

这些老人和谁一起辞旧岁

和谁一块迎新年

和谁同喝团圆酒

能不能围着火炉驱驱寒

他想的是这些老人

多需要有人来安慰

更需要有人聊聊天

能给老人言谈说笑分忧愁

才显得孤寡老人不孤单

有必要顶风冒雪察民情

雪中送炭问寒暖

要问他是哪一个

他正是老民政主任陈登联

这风雪夜不知他走访了多少家

感动了多少老人泪满面

他听到了多少知心语

又听到了多少肺腑言

"学老婆"陈主任你真是俺的贴心人

风雪夜你能想着俺

看到你,孤寡人俺也不觉孤单

漫天风雪俺不觉寒

除夕夜,不喝酒也觉有酒香

不吃蜜,总觉比蜜甜

不穿皮袄暖得透骨

党的关怀似火炭

"学老汉"我说哇还是老伴说得对

现如今就需要你这样的好干部

更需要像你这样的好党员

有的人严肃党纪天天讲

反腐倡廉挂嘴边

从我做起唱高调

勤政为民是空谈

有的人哪能和你比

不讲工作光讲钱

你雪夜奔波图个啥

每月是否多给钱

有的人围着火炉还嫌冷

腚底下还铺电热毯

穿着皮袄大头鞋

喝酒行令又划拳

闲了没事围方桌

打打麻将多舒坦

你家没有老和少

难道不过团圆年

除夕夜你到处奔

你妻儿老小心能安(吗)

要都像你这样的好干部

共产主义早实现(啦)

你真不愧是毛主席的好战士

更不愧是为人表率的好党员

毛主席啊毛主席

你老人家能健在

看在眼里喜心间

陈主任你真像当年的老红军

老百姓面前又重现

想想过去看现在

怎能叫俺不辛酸……

老陈听了这些话

对着老人开了言：

（白）：大爷，大娘，这些都是我应该做的

我怎能和革命前辈比

和他们相比我不敢担

只要你们能过好年

我再苦再累也觉甜

老陈说罢出门走

迎着风雪又正南（啦）

这就是风雪之夜一小段

民政主任送温暖

汤王祈雨

（淮北大鼓）方显军

唱的是夏桀无道太荒淫，
商成汤一举灭夏定乾坤。
百姓们神清气顺忙生产，
可就是连年的大旱仍延伸。
夏末四年无透雨，
商朝又旱到第三春。
直旱得池塘干、地扬尘、
黄河断流起裂纹，
荥泽、菏泽、大野泽，
干涸得只剩下一个一个湖中心。
五谷枯萎苗不长，
新栽的水稻难扎根。
商成汤带领臣民齐抗旱，
打井修渠把水引。
还先急后缓把粮调，
开仓赈灾救黎民。
这一天，烈日炎炎如喷火，
汤王他辞别了葛侯向南巡。
巡察来到亳邑地，
遇到了南亳的百姓正求神。
他看见祭坛搭在桑林里，
从下到上堆柴薪。
柴薪摞得像小山，

一层一层耸入云。

祭坛旁围满虔诚老百姓，

光脚赤背露青筋。

十六个壮汉抬祭品，

祭品是猪牛羊三牲和金银。

还有那金童和玉女，

活生生的是真人。

一巫师双手合十把经念，

号角礼炮如雷震。

眼看着祭品抬到祭坛上，

一支火把要燃薪。

汤王他心急如焚下了马，

高叫声"我的父老众乡亲，

请你们且慢把火点，

这样祭祀太残忍！"

众百姓一见天王到，

呼啦啦跪地叩主君。

商成汤擦擦满脸汗，

搀起巫师仔细问：

"大师呀，难道说求神必须烧资产？

难道说，祭神不能用替身？

难道说，求神神真能下雨？

难道说，像这样就能感动那些神？"

巫师说："天王呀，你也懂经书观天象，

你也知祭祀的规矩和神伦。

求神神就能显灵，

拜神神就能施恩；

祭神如果不诚实，

神灵就会降厄运；

哪路神仙敬不到，

哪路神仙使绊棍。

今天是六月十七黄道日，

请千万甭错过好时辰！"

众百姓也恳请汤王莫拖延，

情也深来意也真。

汤王他看一眼满脸泪痕的俩祭童，

磕头如捣蒜的众乡亲；

又看见巫师急切渴求的眼，

仿佛万箭扎在心。

他说道："既然大师有定论，

我更想中原大地沐甘霖。

今天祭神按时祭，

请用我代替'金童''玉女'他二人！"

"啊？"巫师说："不行！你是当朝开国主，

龙体金身是贵人。"

汤王说："只因我国王龙体是贵命，

才能感动那些神；

只有我金身贵人把神祭，

才说明咱敬神意诚是真心。

假如是苍天惩罚咱人间，

也应该狠狠惩罚我一人。"

巫师说："不，不……你敢于除暴安良革时弊，

你善于奖罚严明用能人；

你坚持人人平等无贵贱，

你禁止滥砍滥伐齐造林；

你禁捕产卵鱼和怀孕兽，

你禁猎三春鸟，还网开三面放飞禽。

这国政大事等你管，

群雁无头难飞奔。"

汤王说："我既是万民拥戴领头雁，

就应该勇于担当救黎民。

群雁们渴死饿死丧了命，

196

要我这头雁枉为尊。
我不能让我的群雁啼疾苦,
我不能让我的子民泪纷纷。
我今天祈雨纵然去,
还有那仲虺伊尹各贤臣。
他们会辅佐幼主治家邦,
广施仁政泽万民。
大师呀请用我祭天神、祭地神、
祭山神、祭河神、
祭罢龙王祭财神,
神仙能显灵下透雨,
才说明我无愧于普天下的诸侯和臣民。"
汤王他理理长发整整衣,
弹罢尘土笑吟吟;
健步走向祭神坛,
换下了"金童""玉女"他二人。
巫师拦、拦不住,
百姓叫、枉费心。
一个个情不自禁哭天王,
你真是亲民爱民的好主君!
这时候,鼓楼午时洪钟响,
熊熊火舌出柴薪。
商成汤祭坛之上行大礼,
洪亮的嗓门九霄震:
"苍天呀,请接受我天乙九叩首,
神灵呀,请享用我凡间赤诚心。
我满腔热血献给您,
请铲除旱魔救黎民!"
祈祷罢,他巍然屹立坛上站,
就像那顶天立地一巨人。
巨人站在烈火中,

似铜似银又似金。
但只见、风吹火、狼烟滚，
狼烟滚滚揽白云；
白云来、烈日蔽，
烈日躲避起乌云；
乌云卷、乌云翻，
乌云飞旋天变阴。
只听得"喀嚓"一声炸雷响，
电闪雷鸣雨倾盆。
那暴雨，呼啦啦、寒淋淋，
东飘西坠一阵阵。
浇灭了火、打湿了薪，
护佑下誓死为民的商朝君。
汤王挥手转四方，
八百个诸侯属国降甘霖。
这就是，商成汤祈雨小故事，
千古传诵到如今。

同病相怜

(唱词)郭修文

合　唱的是地挨地的两座坟，
　　两座坟里埋死人。
甲　东一座埋的妙龄陈氏女，
乙　西一座埋个男儿正青春。
甲　坟头前一男一女把坟上，
乙　碰巧是两位寡人祭亡魂。
甲　男鳏夫张口放开忙牛阵，
乙　女寡妇手握脚脖泪纷纷。
甲　哭一声我的夫你心好狠，
乙　哭一声我的妻你好狠心。
甲　你不该抛下为妻黄泉去，
乙　你不该扔下为夫历苦辛。
甲　忆往昔我与表哥多恩爱，
乙　忆往昔表妹与我恩爱深。
甲　小时候咱青梅竹马无猜忌，
乙　怎能忘咱竹马青梅情谊真。
甲　做游戏我扮新娘要嫁你，
乙　扮新郎我把表妹迎进门。
甲　想不到二老双亲有了意，
乙　十年后亲上加亲配成婚。
甲　原指望亲上加亲多和美，
乙　谁料想亲上加亲祸临身。
甲　结婚三载你离我去，

乙 你离我而去整五春。

合 悲切切把我亲人唤……

甲 （白）妮她爹！

乙 （白）妮她娘！

合 不由我泪如雨下带血痕。

　　我的表哥妹,我的个……我呀!

甲 这个人哭得真奇怪,

乙 这个人莫非捉弄人?

甲 莫非他存心不良把便宜占?

乙 弄不清她糊弄咱家啥原因。

甲 （白）你说,你为啥欺负俺?

乙 （白）俺,俺咋欺负你了?

甲 （白）你就是欺负俺! 俺叫一声这这,你叫一声那那;俺叫一声那那,你又叫一声这这……

乙 （白）那,俺叫的是俺这个这……

甲 （白）这? 唉!

　　你今天一定给我说明白!

乙 （白）这还不明白?

　　俺叫的是坟头里面睡的人。

　　俺与她姨表兄妹把婚配,

甲 （白）怎么,您是姨表兄妹结亲?

乙 （白）是呀!

　　你说说俺不喊她表妹喊何人?

甲 叫大哥说话要讲分寸,

　　俺叫的也是坟里睡的人。

　　俺本是姑表兄妹把婚配,

　　你说俺不喊表哥喊何人?

乙 （白）噢,你是姑表兄妹结亲?

甲 （白）是呀,俺可没糊弄你呀!

乙 （白）那俺,也没欺负你哟!

合 （白）那,咱就各哭各的,各哭各的………

甲　哭一声老婆婆该把姑母叫，

乙　哭一声丈母娘又是姨娘亲。

甲　哭一声老公公是俺姑父，

乙　哭一声老姨父又是老丈人。

甲　常言说老猫搂着屋脊睡，

乙　谁兴下辈辈相传姻联姻?

甲　二公婆你本是姑表兄妹，

乙　岳父母姨表兄妹连着筋。

甲　恁只信亲上加亲亲得很，

乙　有谁知亲上加亲惹祸根。

甲　恁生下我的夫先天不足，

乙　恁生下我的妻隐患在身。

甲　我夫先天不足归阴去，

乙　我的妻身体羸弱大祸临。

甲　俺夫妻实指望白头到老，

乙　不料想生死相隔早离分。

合　怨二老走一步不看下一步，种下了苦果让俺吞。

甲　(白)我的娘呀!

乙　(白)我的岳母!

甲　(白)我的爹呀!

乙　(白)我那老丈人!

合　恁不该种下苦果让俺吞。

甲　(白)你看你这个人，俺哭啥你哭啥，

　　你这不是故意占俺的便宜?

乙　(白)哎呀，恁公婆是姑表姊妹结亲，俺老岳父是姨表姊妹结亲，各哭各
　　的，你偏要往那上头沉意………

甲　(白)那，咱还各哭各的。

乙　(白)好，各哭各的……

合　怨罢了老人怨自己，
　　也怪俺想起你来乱了神。

甲　想当初也曾有人把俺劝，

她劝俺血缘太近别结婚。

血缘近遗传疾病常发现，

血缘近时常生出痴呆人。

东庄上连生几个二百五，

西庄上为生怪胎伤透神。

南庄上张家孩子不长寿，

北庄上李家孩子病缠身。

酿悲剧悲就悲在不把科学信，

近亲怎能结成亲。

乙　那时也有人把我劝，

无奈咱俩的感情深。

好言好语听不进，

没领结婚证就操办完婚。

甲　一年后我生下一个千金女，

乙　第二年我得了一个女千金。

甲　千金女又憨又傻少心眼，

乙　女千金又聋又哑还是兔唇。

甲　背地里人家喊她两个半，

乙　背地里人家喊豁她听不真。

甲　当娘的听一声五脏俱焚，

乙　当爹的听一声如扎钢针。

甲　见孩子心里再烦难埋怨，

乙　见孩子不怨孩子怨大人。

甲　傻又憨咋为国家做贡献，

乙　聋又哑叫人越看越酸辛。

甲　在家中处处都把大人累，

乙　在外头人前人后难比人。

甲　我的夫，你眼睛一闭丢下我，

乙　我的妻，你舍下丈夫把腿伸。

甲　你丢下为妻受孤独，

乙　你舍下为夫守孤贫。

甲　出门去谁骑车子把我带？

乙　进门来谁帮我拍衣掸灰尘？

甲　我浇园谁为我忽忽闪闪去挑水？

乙　我烧锅谁为我缠缠绵绵递柴薪？

甲　人家是打里打外人两个，

乙　俺一人打里打外使不匀。

甲　人家是丈夫出门妻在家，

乙　我却是外头人变成屋里人。

甲　看人家喧喧腾腾唱着过，

乙　瞧咱家孤男哑女无精神。

甲　再吃累谁来给我送冷暖？

乙　再委屈谁来给我叙寒温？

合　（白）姑

姨　母呀！

　　怎二老双双把俺害，

　　（白）表哥

妹　呀！

　　咱又害了下辈人。

　　千悔万悔后悔晚，

甲　（白）这位大哥！

乙　（白）这位大姐！

合　咱同病相怜是一样的人哪……

小草探监

（抒情小品）庄稼

人物　小　草——八岁农村女孩。

　　　侯贵池——小草父,吸毒犯人。

　　　王队长——劳改队管教干部。

布景　某劳改队接见室。门上有"接见室"三字,室内一条长桌,两把椅子。墙上有"积极改造,重新做人"字样的标语。

幕启　[队长领侯贵池上。队长坐下,贵池蹲在地上。]

队长　侯贵池,你入监有半年多了吧? 对你所犯的罪行有没有新的认识?

贵池　有,我不该吸食毒品,败坏家财,更不该去偷人钱财……我这是罪有应得呀!

队长　认识就好,好在刑期不长,好好改造,争取早日回家,重新做人。

贵池　判我三年还不长呀? 我觉得过重了。

队长　噢! 你还有这种想法? 说说你的理由。

贵池　我——我就偷队长家小店500块钱,就判三年,有些扒子手,偷人家几千块,都不判刑,我这——

队长　(大声地)你们性质不同。他们是扒窃,你呢? 是入室抢劫,还殴打人家事主。这是完全不同的两个概念。你还是吸毒人员,屡教不改,不判你个三五年,你不知法律的严肃性,也戒不掉毒瘾。

贵池　是、是,我是法盲,我以后认真学习法律知识,好好改造自己。

队长　这还差不多。(掏烟吸)今天你的亲属要求见你,经我们研究,同意你接见,你的意见呢?

贵池　我愿见,我太想见了! 谢谢干部。

队长　好,我去把她领来,见了面之后,该说啥不该说啥,你心里要有数,千万别瞎扯。

贵池　是,我一定遵守监规,绝不胡说。

队长　那好,你等一下,我领人去。(下场)

贵池　(急得来回走动)这会是谁来呢? 我娘年老,孩子太小,肯定是我媳妇秀兰来,半年多没见,她上顾老,下养小,肯定累瘦了,受苦了!

队长　(领小草上。小草衣衫破旧,头发蓬乱,挎个小竹篮,胆怯地上)侯贵池,你的亲人来了。

贵池　(见,大惊)啊,是小草,怎么是你呀? (小草不敢认秃光头、身穿囚服的爸爸,往队长身后躲)

队长　孩子别怕,他是你爸!

贵池　小草,我、我是你爸呀!

小草　(迟疑一阵,认准后,篮子一扔,猛扑上去,大喊)爸爸! (抱爸腿大哭)

贵池　(泣不成声)小草,我的苦命孩子呀!

队长　(眼含泪)好、好,都别哭了,有什么事,快讲,时间是有限的。(拉椅子坐在门外)

贵池　小草,你妈呢? 怎么让你来了?

小草　我妈,我妈病了,躺在床上不能动。

贵池　啊? 你妈是怎么病的?

小草　自从你被抓走后,家里什么值钱的东西也没有,妈妈要打工养家,回来还要做饭、洗衣服,天天都累得浑身疼。

贵池　秀兰,我侯贵池对不起你,我害苦你了。

小草　前天下大雨,我和弟弟被雨阻在学校里,别的小朋友都被爸爸接走了,只有我们没有爸爸接,在雨地等呀等,全身都湿透了,弟弟一劲地哭喊着"爸爸,你在哪里呀!"

贵池　孩子,小宝,爸爸对不起你们呀!

小草　后来,妈妈从工地回来接我们回家,可弟弟受凉就病了。

贵池　啊,我儿子病了,那赶快上医院看病呀!

小草　去了,妈妈抱弟弟看病,我去挂号,交钱,拿药。我的个子太矮,够不着窗口,几次被人挤掉队,我只好坐在地上大哭!

贵池　小草,是爸爸害了你,让你受难为了。

小草　从医院回来,妈妈就病倒了,我请假在家看护妈妈,我和小弟都不上学了。

贵池　那怎么行? 快上你姑家把你奶奶接回来,让她帮帮忙呀!

小草　(流泪)奶奶,奶奶她不能帮助我们了。

贵池　为什么? 为什么呀?

小草　奶奶她! 她——

贵池　她到底怎么啦?

小草　妈妈不让我告诉你。

贵池　啊! 为什么? 快对爸爸说,奶奶到底怎么啦?

小草　奶奶她,她死了。

贵池　(不信)小草,(抓住问)这、这是真的么?

小草　(从篮子中拿出奶奶的遗像)爸,你看! (哭)奶奶!

贵池　(接过)娘,娘啊! (扑通跪在台上)儿子不是人,儿子害了你! (大哭)
　　　亲娘啊!

小草　(跪下给爸戴黑纱,自己头上戴上了白花)奶奶!

队长　太惨了(拉贵池),想想是谁害的老人? 是谁连累了孩子? 是毒品,是
　　　你吸毒败家,为毒资去抢人的恶果。你侯贵池,别叫侯贵池了,叫后悔
　　　迟吧!

贵池　队长说得对,我是后悔迟呀! (转身问小草)小草,你奶奶是得什么病
　　　去世的?

小草　奶奶本来就被你吸毒气得常有病,你被抓走后,她又疼又气,几天吃不
　　　下饭,家里还没有钱让她住院治疗,她就——她就病死了!

贵池　娘,儿子不孝,生育大恩没报,反而气死你,我禽兽不如呀!

队长　你现在知道了,晚了。可有人现在还吸毒(对观众),你们看看侯贵池
　　　的遭遇,赶快戒毒吧,千万别再等到后悔时!

贵池　小草,你奶奶后事怎么办的?

小草　全是姑姑、姑父给办的,衣服是姑姑做的,灵堂是姑父搭的,就连骨灰
　　　盒也是姑姑买的,是姑姑和妈妈披麻戴孝送奶奶下地。牢盆是小弟弟
　　　替你摔的呀! (大哭)

贵池　娘呀! (痛哭不已)

小草　村里人都说:吸毒是个无底洞,万贯家业能卖净,吸毒儿子如恶狼,能
　　　弄得家破人亡。

队长　群众总结得好。吸毒之人你要记住了,千万远离毒品,正派做人呀!

(向小草)孩子,还有什么要说的么?

小草　爸(从篮中拿东西),这是妈妈让我给你带的衣服,这是我给你做的馍馍,小草做得不好,爸爸别生气。

贵池　一个八岁孩子给爸爸做馍馍,我有什么脸生气呀! 小草,这一百多里路,你是怎么来的?

小草　是队长开车送我来的。

贵池　哪个队长?

小草　就是你去抢人小店钱,还打了人家的那个队长。

贵池　啊! 他,他不记仇?

小草　人家说了,你要能改造成好人,人家不记仇,你要再吸毒,全村人都再也不理你了。

贵池　我一定不辜负队长和全村人的希望,坚决戒毒,重新做个好人。

队长　真这样做就对了。孩子,天不早了,门外还有人等着你,你就回去吧!
　　　(幽怨的二胡声起,由弱到强)

小草　爸爸,再见! (走几步,又回来)爸爸,我这还有一块五角钱,给你用吧!
　　　(递钱给爸)

贵池　(激动万分)不,孩子留你买根油条吃吧,爸我不要!

小草　不,爸爸你留着吧,我走了! (走几步,又回来)爸,你要好好改造,早日回家,我和弟弟都想你呀!

贵池　一定,一定! (泣不成声)

小草　爸,咱们家里见! (二人招手,亮相)
　　　(在激越的音乐声中,幕渐落)
　　　(郴剧团演员表演)

小光棍娶媳妇

（三弦书）李心清

光棍汉子王五百儿

今儿个就要娶媳妇儿。

这消息就像死人又喘气儿，

一刹时传遍九里十八村儿。

提起当年的王五百儿，

神仙气得翻白眼儿，

他没爹没娘没兄弟儿，

小柳条剥掉皮儿——光棍一根儿。

五黄六月找凉影儿，十冬腊月溜墙根儿。

下四棋，斗蛋子儿，

扑克牌一甩打百分儿。

冬天穿个破小袄，

到夏天，一个小褂儿三根筋儿。

家里头，两间草房塌一半儿，

树枝子编个栈子门儿。

吃了上顿没下顿儿，

龟孙给他当媳妇儿。

俺那里有个顺口溜儿，

有闺女砸砸糊墙根儿——也不嫁王五百儿。

改革春风吹大地儿，

党的政策暖人心儿。

县里头来了扶贫工作队儿，

要帮五百儿翻翻身儿。

王五百儿,有手艺儿,
老辈子会刻八仙人儿。
王队长给他出主意儿,
又帮他买来原料和刀子儿。
还帮他设计出来新花样儿,
刻一个鲤鱼跳龙门儿。
刻条龙,刻只凤,
再刻个老虎撵兔子儿。
小点儿的木头也有用,
刻一个打鸣儿的小公鸡儿。
那个公鸡儿,红冠子儿,红毛羽儿。
黑尾巴尖儿,黄脖子儿。
伸条腿儿,蜷条腿儿,
瞪着眼儿,张着嘴儿,
呼扇着翅膀儿抖精神儿。
你说它不像活的吧,
猛一看就好像正叫"咯咯哏儿"。
买货的客人排成队儿,
早晚还有外国人儿。
白天刻,夜里刻,
哪一天都弄几十文儿。
有了钱,来了劲儿,
盖了几间新房子儿。
新家具,放当门儿,
落地扇,靠墙根儿,
录音机,唱小曲儿,
电视机,带彩色儿。
穷光蛋成了万元户,
穷五百儿变成富五百儿。
有了钱就想娶媳妇儿,
说媒的来了一小群儿。

媳妇儿只能娶一个,说好了东庄马小妞儿。

今儿个他俩就结婚,是我当的介绍人儿。

白:不唱了,我喝喜酒去!

（演唱者　袁建芳）

小佳人劝丈夫

（大鼓书）柴治国

大鼓响、钢板吹，打战鼓请来听书的人，

老头儿、老婆子、半截橛子、小闺女，

还有二八小佳人。

今天我不把别的唱，唱个二八佳人劝夫君。

这一段出在安徽亳州地，城南有个双阁集。

集东南有个王大庄，有人姓王叫王奇。

长大娶妻朱门女，朱小花本是他的结发妻。

自从小花把门过，夫妻两个有情义。

男敬女爱情义重，郎才女貌好夫妻。

结婚几年光生女，光生闺女没生儿。

王奇他天天烦夜夜气，骂了声朱氏小花我的妻。

我俞你姐你咋弄的，你为啥光生闺女不生儿。

朱小花一听怪生气，骂声王奇咋长的。

栽什么树苗结什么果，生孩子我可能争囊气。

人常说命中无儿难求子，王奇呀，我给你生两个闺女也对起你。

白:（王奇呀，你这个人太不明白了，整天说我不生儿啦，不生儿啦，生儿生女我当家吗？我要不生闺女又不生儿，这说明我生育上有问题。我给你生两个闺女哪儿不好，咱是二女户还有照顾。怪你上代做事伤天害理，就应该这样。）

你说我不把男孩生，这都是你祖上积作的。

说得王奇卸开意，心里顿时没了气。

走上前笑嘻嘻，开口叫声心爱的。

是刚才我说话欠考虑得罪你，

来来来我这里磕头赔侍你。

朱小花一看丈夫跪倒地,心里疼得了不得。

开口直把丈夫叫,叫声丈夫亲爱里。

起来吧起来吧,总是跪着啥道理。

王奇慌忙来站起,开口叫声虞美人。

妮的娘我的妻,你说咱光生闺女可能管,

到后来咱这份家业传给谁?

朱小花一听更生气,骂声王奇咋长的。

你领我南里跑来北里躲,光想叫我给你生个儿。

党的政策你对抗,违法乱纪党不依。

王奇呀你年龄不大思想老,重男轻女的思想要不得。

现在社会你没看透,养儿不如养闺女。

女孩也是继承人,男女平等都一样。现在女孩了不得,骑摩托、开三轮、跑汽车、驾飞机。

各厂矿都把女孩要,各个单位要女的。

闺女考不上大学去打工,搭车来到工厂里,

未曾上班先登记,问一问你是哪省哪县哪村的人。

女孩掏出身份证,老板接过来看仔细。

看罢一遍明白了,出言叫声女同志。

你的身份我知道,再问问你的学历高与低。

女孩掏出毕业证,老板一看笑嘻嘻。

像你这高中文凭不算低,高中学历也可以,

我给你暂定每月工资四千五百七。

咱这个厂有男还有女,男女上班在一起。

男女都在一个车间把工干,礼拜天才能再休息。

自谈恋爱心满意,不管路程远和近。

不管家中房屋啥样的,也不管家中穷和富。

更不管公婆为人处世可和气,只要咱俩能和气,

不管三七二十一。

恋爱谈到最高峰,男女生活在一起。

就好像摘口砂糖喝口蜜,天天喜欢得了不得。

女孩不管嫁到山南海北地,一结婚都是一门好亲戚。

闺女结婚到人家，撇下老头儿老妈两个人。

不能种地不种地，把地包给承包人。

敬老院里养精神，政策优越大无比。

吃喝二字没问题，吃香的喝辣的。

闺女一来拿东西，政府还发养老金。

腰里不断人民币，老头儿你想想你考虑，你看是味不是味儿。

王奇呀，咱时刻不忘共产党，党的大恩大德要牢记。

吃果子不能忘了树，喝水不能忘了打井人。

王奇一听哈哈笑，开口叫声我的妻，

这一回你治好我的糊涂病，我再不重男轻看女的。

一心一意跟党走，一头扎在党怀里。

党叫干啥就干啥，服从命令听指挥。

唱到这里拦一板，从头到尾都唱毕。

学开车

（河南坠子）许美玲

唱一个老婆本姓郭，
六十岁还要学开车。
她老头儿海波不愿意，
这一天老两口叮叮当当就开了锣。
老婆说："海波你过来，
为妻有话对你说。"
啥事哪家的总理来访问，
哪家的外交部长来见我。
白：去去去你别贫嘴了，
老头儿我跟你说明天我可要出去啦。
你要去哪儿？
我去驾校学开车。
啥？学开车？
对不但学开车,学会开车之后呀——
我还去开出租车来。
咦！你、你、你拉倒吧，
〈唱〉你打罢新春六十整，
老胳膊老腿不灵活，
马路上人来车往如穿梭。
扫帚顶门柯杈多，
如果处理不恰当,日——
一头撞上阎王殿，
你这条老命就找不着。

老东西你正经点中不中,

我没空跟你开玩笑,

我也不是瞎啰唆。

你走了蔬菜大棚谁来管?

销售用户谁张罗?

鸡鸭牛羊谁来喂?

谁送咱孙女去上学?

你,我,咋——

你不干那你干啥?

老爷们需要外面干大事,

这些家务事需要你们女人来忙活。

咦你隔着门缝把俺来看扁,

俺女人也不是白吃干饭和蒸馍。

有多少女英雄女劳模,

女先进科技工作者。

女元帅女将军,

企业家来大富婆。

国家大事心中装,

为祖国经济建设来拼搏。

我的主意已拿定,

恁谁也别想拦住我。

我说不行就不行,

吔偏学偏学偏要学。

今天你敢出这个门儿,

咋着,咱耍猴哩撤摊——

散家伙不过啦!

(白)咦,不过就不过!

老两口各持己见不相让,

各弹一调弦不和。

老海波赌气去了科研所,

老婆儿她去驾校学开车。

练钻杆儿练倒车，

练完了上路练爬坡。

转眼过了一月多，

证照齐全能操作。

大娘毕业回家转，

科研所里她找海波。

海波一见猛一愣，

低头转身躲老婆。

老婆一见大声喊：站住！

最后的通牒你听着，

从今天起孙女由你来接送，

误了事别怪我没有对你说。

老婆说罢转身走，

海波瞪眼没了辙。

到中午赶忙就往学校跑，

去接孙女来下学。

祖孙二人正往家走，

猛觉得身旁停下一辆车。

车上下来人一个，

正是海波他老婆。

（白）老头子请上车吧！

海波一见转身走，

小孙女见状爬上了车。

海波无奈把车上，

老婆儿开车他坐车。

右转弯儿左转弯儿，

又下坡来又上坡。

也不摇，也不晃，

不摇不晃不颠簸。

不一会儿来到了家门口，

进院见屋里饭菜摆了一大桌。

海波一见头低下，
站在那里好像一个呆头鹅。
老婆一见吞儿声笑，
出言来叫一声亲爱的波。
吃点吧，喝点吧，
不吃不喝算咋着？
半个多月你没有吃好，
还请我的老伴儿原谅我。
海波一听眼含泪，
开口叫了一声好老婆，
老婆子？我错了，
请你原谅我海波。
都怪我的眼光浅，
不该把你的后腿拖。
如果你还没解气来来来，
你就使劲儿来打我。
说着话照老婆脸上亲了一口，
双手搂住后脑勺。
孙女一见拍手笑，
亲嘴儿了？亲嘴儿了，
爷奶亲嘴儿好快乐。
一句话逗得老两口他们哈哈笑，
这笑声传播着和谐欢乐的歌……

雪夜追踪

（山东快书）方显军

说的是腊月二十七，
北风呼啸寒流急。
夜幕降临雪花飘，
不一会儿,盖住了村庄和大地。
王春喜趁着严寒把武练，
只穿个裤头和汗衣。
他停下了拳脚擦擦汗，
哎！不远处发现一个怪东西。
一会儿快来一会儿慢，
一会儿高来一会儿低。
昏暗中仿佛一头大水牛，
慌慌张张正奔西(啦)。
春喜他左思右想作判断：
"对！肯定是犯罪分子伪装的。
这风大雪大春节到，
他们作案专找这时机。
我必须紧紧盯住细观察，
查清这蛛丝和马迹。
看他们到哪里去作案，
到时候我也使使这身力气和武艺!"
想到这儿,他拿起钢鞭往前追，
却忘了十冬腊月没穿衣。
他撒开双腿紧追赶，

呀！那黑影竟拐进一个大院里。
这院里住着孤寡老人王大爷，
他身边无儿又无女。
前不久，大伙儿看大爷一人太寂寞，
提请支部作商议。
村委会为老人把电视买，
那电视二十寸带彩是"日立"。
歹们一定是想把彩电抢，
我必须见义勇为来打击。
王春喜抬脚要把大门进，
忽听屋里"噼里啪啦"响声起。
听得见打斗声音响，
还有叫骂和拳击。
王春喜顿时肺气炸，
"哼！果然是歹徒行凶丧天理。
为保护王大爷的生命和财产，
我誓死与不法分子比高低。"
他勒勒腰，运运气，
"噌噌噌"纵身跃进当院里。
飞起一脚踢开门，
啊？
屋里边三人站起笑嘻嘻。
左边一位是村长，
右边一位是书记，
王大爷捋着胡子微微笑，
上前关上了电视机。
王春喜见屋里没歹徒，
顿时松了一口气。
村长、书记一看春喜这打扮，
急忙问是不是村里出了啥问题。
春喜把前因后果讲了一遍，

王大爷也把事情的经过告诉春喜。
原来是村长、书记爱群众，
最关心群众的生活和利益。
今早晨慰问村里的困难户，
给王大爷送来吃的用的过节礼。
当得知电视不出像，
就立即抬着去了双沟集。
天傍黑机子修理好，
鹅毛大雪下得急。
为保护电视不被风雪打，
他们俩脱下大衣盖住了电视机。
小心翼翼往回走，
结果被春喜当成了怪东西(啦)。
抬回来接上天线就能看，
电视里正播放香港武打的……
(白)当然像"噼里啪啦"抢东西。
王大爷把感激的话儿说一遍，
活活羞煞小春喜。
他气得把钢鞭猛一摔，
(白)"嘻！村长、书记，
今晚我实在对不起！"
书记说："你不愧是新时期的好青年。"
村长说："对坏人咱都要常警惕！"
王大爷说："你不是亲人胜亲人，
我真像生活在儿女满堂的福窝里！"
这就是雪夜追踪一小段，
体现着干群鱼水新关系。

一分钟

（五马琴书）李心清

（据李井中先生小戏《闯红灯》改编）

合：喀嚓嚓的炸雷呼呼响的风，

那大雨眼看着下到亳州城。

十字路，街旁边两个青年正拌嘴，

高一声来低一声。

甲　男的是药商马二愣，

乙　女的是交警刘芳玲。

甲　你为啥拦我不让走？

乙　你见没见前边亮红灯？

甲　你可知俺家有急事？

乙　再有急事也不行！

甲　你不过是个小交警，

谝啥本事逞啥能？

　　我家里晒着菊花饼，

　　眼看着就要被水冲。

　　哗啦啦的票子十几万，

　　弄不好，就漂进东海水晶宫。

　　这些钱，都换成一元一个的小钢镚，

　　管教你三天三夜数不清。

乙　交警虽小责任大，

　　要保证来往的行人得太平。

　　不管你有啥急事，

　　也不差这一分钟。

一人出事全家痛，

　　　亲友邻居不安生。

　　　家有财产千百万，

　　　身子一垮等于零。

　　　生命安全第一位，

　　　时刻警惕莫放松。

甲　我心里急得像着火，

　　　没功夫跟你磨叽空。

　　　我要走要走这就走，

乙　不行不行真不行。

甲　我这就走。

乙　你再等等。

合　俺二人争得脖子脸通红。

丙　闺女！

　　　我给你送来一件新雨衣，

　　　下雨了，

　　　你遮遮雨点儿挡挡风。

乙　大妈，用不着。

丙　你为俺百姓路上保平安，

　　　风吹雨打俺心疼。

　　　你俩争吵为啥事儿，

　　　咋咋呼呼不文明。

　　　谁的是，谁的非，

　　　说出来，让你大妈我评评。

甲　她拦着路就不让我走，

乙　他违反规则闯红灯。

丙　小伙子，

　　　你穿金戴银怪体面，

　　　依我看哪，

甲　怎么着？

丙　你不是二百五也是个愣头青。

甲　你,你说谁?

丙　孩儿啦,

　　要建设幸福亳州靠的是行动,

　　不能光看穿得咋样儿打扮得可干净。

　　你家里有啥事值得你拼命?

甲　我没拼命!

丙　不拼命为啥闯红灯?

　　你脑袋瓜子有多硬?

甲　跟旁人差不多!

丙　那为啥剃得锃亮撞钢钉?

　　这交警不让你走是负责任,

　　你看你俩眼瞪得像铜铃。

　　倘若你出啥意外,

　　你爹你娘可心疼?

　　老婆孩子谁照管,

　　也掂掂哪头重来哪头轻。

　　就算你家事再急,

　　也要把安全记心中。

甲　你甭说得恁邪乎,

　　咋恁巧,出事就在这一分钟!

乙　一分钟。

丙　一分钟,

　　提起来这一分钟俺悔恨一生。

　　那一年,也是这样的天,也是这样的风。

　　半夜里儿媳妇突然肚里痛。

甲　她不是阑尾炎就是肾结石!

乙　别打岔!

甲　我疼过!

丙　唉!

　　儿媳妇怀孕十个月,

　　小孙孙马上要出生。

甲　恭喜恭喜！

丙　俺全家甭提多高兴，

　　马上又添一辈人，心里喜欢得不能行。

　　俺的儿开着三轮摩托车，

　　儿媳妇坐在车上直哼哼。

　　老头子后边骑着自行车，

　　老妈子我一溜小跑拎暖瓶。

　　俺趁着夜深人静车辆少，

　　没了死活往前冲。

　　摩托车，如刮风，奔医院，找医生，

　　紧着跑，不消停，

　　咋忘了十字路口亮红灯。

　　从横路开来一辆大卡车，

　　把三轮撞向半悬空。

　　俺赶到跟前仔细看，

　　一片鲜血扎眼红。

　　儿媳妇儿大出血差点丧了命，

　　小孙孙没落草儿胎死腹中。

　　俺的儿躺床上三年不能动，

　　就只为抢那一分钟，他硬闯红灯。

　　孩子呀，事再急咱也得按着规矩走，

　　出点事儿就毁了整个家庭，痛苦一生。

甲　好家伙，咋恁巧？

乙　怕就怕遇急事贪图侥幸，

　　出事故再想回头万万不能。

　　红灯停，绿灯行，

　　黄灯亮了就等等。

　　文明出行有秩序，

　　一生平安乐融融。

甲　大妈你，说的难道是真事？

乙　就是我，帮他家打的120。

这就叫车祸猛于虎,

合　千万不能闯红灯。

甲　看,绿灯亮了! 我得回家收药去!

（演唱　鲁翠萍）

一文钱

(唱词)张学民

谯东镇境内有条小河狐狸　　涡河岸上有个村庄尤家湾
有一位财主尤老抠　　　　　看钱如命世间罕
骡马成群牛羊满圈　　　　　金银财宝堆成山
大小粮仓都装满　　　　　　种着千顷好良田
在谯城也算大富户　　　　　虽不是首屈巨富也数二三
却是远近闻名的吝啬鬼　　　一辈子从未错花一分钱
身上衣破又烂　　　　　　　吃的饭糠菜团
一辈子从未喝过一杯酒　　　也没有吸过半袋烟
走到哪儿看见破烂随手捏　　粪箕子经常不离他的肩
这一天尤老抠出门把粪捡　　在路上拾到一文钱
眉飞色舞心花放　　　　　　担心丢失作了难
放在衣袋怕漏掉　　　　　　拿在手里也不保险
一张口含在嘴里面　　　　　一文钱不再把心担
常言讲人逢喜事精神爽　　　心高兴唱起亳州二夹弦
幸灾乐祸天数定　　　　　　一张嘴把钱卡在喉咙间
吐不出难吞咽　　　　　　　喉咙肿成发面团
只能喝点稀粥汤　　　　　　白馍米饭不能咽
儿女劝他上医院　　　　　　因怕花钱死也不干
奄奄一息快断气　　　　　　把三个儿子叫身边
爹爹眼看要归天　　　　　　孩子们料理后事怎么办
大儿有语开言道　　　　　　儿子有话对你谈
爹爹你一生一世受尽苦　　　为子孙积攒下家产万万千
老人家活着没享一点福　　　你死后风风光光闹一番
铺金盖银金顶玉葬　　　　　天地同柏木座子大套棺

226

僧道尼姑三棚僧　　　　喇嘛子念经一百天

大儿话还没说完　　　　尤老抠胸中燃起无名烟

你这个混蛋败家子　　　不要多嘴惹我烦

你天生就是要饭鬼　　　赶快给我滚一边

二儿有语爹爹喊　　　　俺大哥说话理不端

老爹爹兴家立业心操烂　怎么能铺张浪费穷闹喧

你虽死子孙后代还得过　把你的勤俭节约代代传

你死后买张大芦席　　　儿把你卷着埋进荒郊滩

尤老抠气得一瞪眼　　　心里早已不耐烦

买芦席也得花咱的钱　　少啰唆赶快给我退一边

休要多言快闭嘴　　　　恼上来我用耳巴子把你扇

老二孩讨个大没趣　　　三儿接受教训便开言

老爹爹你一旦断了气　　儿子我拿条麻绳把你拴

儿把爹拖到宰驴场　　　就把你大卸八块锅里填

午时三刻肉煮烂　　　　把肉装满竹筐篮

人肉当作驴肉卖　　　　不花老本光赚钱

三儿滔滔往下讲　　　　只吓得大儿二儿心胆寒

尤老抠喜得直夸赞　　　我仨儿想的主意鲜

恁卖肉可别上东庄卖　　恁舅父那个老狗他太尖

鳖龟孙恁舅吃了爹的肉　只怕他耍赖赊账不给钱

心肝肺肠肚当作驴杂耍　咽喉眼还卡着一文钱

一封举报信

(反腐倡廉小品)牛守进

人物:李毅夫　男　清水镇纪检书记

　　　刘德柱　男　大旺村村长

　　　张凤茹　女　农民

　　　崔玉珠　女　农民

时间:当代

地点:皖北大旺村

　　　(李毅夫上场)

李毅夫:建设廉洁政府,检察进村入户。接到群众举报,立即进行查处。

刘德柱:(迎上)你是镇纪检李书记吧?

李毅夫:我是李毅夫。你是……?

刘德柱:我叫刘德柱。

李毅夫:哦,你就是刘德柱,大旺村的村主任?

刘德柱:对。你刚调来不久,还没到俺村来过。

李毅夫:一回生、二回熟嘛! 我这不就找上门来了吗?

刘德柱:听说你要来,特在此迎候。不知李书记有何指示?

李毅夫:指示谈不上,我想察看一下群众生活,入户走访。

刘德柱:好,我领你走访一下目前最需要救助的崔玉珠家。

李毅夫:不,我想走访这村头第一户。

刘德柱:这……这第一户没啥好看的。

李毅夫:我不是来看风景的,我是来了解情况的。

刘德柱:啊? 李书记,这第一户没困难,情况我清楚。

李毅夫:你清楚,我不清楚! 你看,这全村人大都住上了新楼房,为什么这一户还住老旧房子呢?

刘德柱:这……这户情况有点特殊。

李毅夫:我就是为这特殊情况而来的!

刘德柱:李书记,实话给你说吧。这家女人难缠,我怕你顶不住!

李毅夫:不怕顶不住,就怕不深入。只要入了户,定能让她服!

刘德柱:李书记,要不你先到村委会喝点水,歇歇过来吧。

李毅夫:我不喝水也不累,咱俩暂时背靠背。你去忙你的吧。

刘德柱:那……好吧,我就失陪了。(无可奈何地下)

李毅夫:好你个刘德柱!揣着明白装糊涂。知道举报你,想跟着打掩护,我岂能听你来摆布。到了。(敲门)

（张凤茹闻声上,故意不开门。李毅夫继续敲门。）

张凤茹:(没好气地)敲! 敲! 敲! 敲断你的腿腔骨!

李毅夫:哟! 干锅炒辣椒——果然辣得够呛! 你开门呀!

张凤茹:你休想! 这里不是旅馆饭铺,说走就走,说住就住。饿了去喝西北风,困了就去陪大树。有本事走了永远别回来!

李毅夫:(笑)我是李毅夫!

张凤茹:呸! 你是谁姨夫(李毅夫)? 我是你姑奶奶哩!

李毅夫:不,不是! 你搞错了,我姓李,名毅夫,李——毅——夫!

张凤茹:啊? (开门)哎哟! 对不起! 我气糊涂了! 你是……李毅夫:哦。我是镇上新来的干部,特来走访你。

张凤茹:你来走访我?

李毅夫:对呀! 你是不是叫张凤茹?

张凤茹:是。你找我干什么? 进来吧。

李毅夫:你一封举报信送到镇政府,检举刘德柱,我来查清楚。

张凤茹:好! 你坐。提起刘德柱,我气不打一处出。听我诉诉苦,你要详记录。说的是实情,现场看清楚。

李毅夫:是啊。全村都致了富,你还是困难户。人家住楼房,你咋还住旧屋?

张凤茹:穷了瞒不下,丑了遮不住! 俺家最困难,全村第一户!

李毅夫:困难大靠政府,《民生工程》可救助。

张凤茹:不、不,人家有难可救助,临到俺家就特殊。

李毅夫:为什么?

张凤茹:都怪刘德柱,对俺家太苛苦。再大的困难不让报,压得俺大气不能出。俺孩子上学负担重,你来看看,屋里睡着长年病重的老父母。

李毅夫:(伸头看看,闻有老人呻吟声)嗯,情况属实。你们家如此困难,民生
　　　　办的同志不了解吗?

张凤茹:民生办的同志下来了解了,政府该给俺的救助钱又让刘德柱转让给
　　　　别人用了。

李毅夫:啊?真有这种事?

张凤茹:俺举报的都是事实。他不光对俺家困难隐瞒不报,还把种粮补贴款
　　　　克扣下来,也挪给别人用了呀!

李毅夫:(气)这个刘德柱,胆子也太大了!简直是任意妄为!怪不得上级一
　　　　再强调涉农资金是职务犯罪的重点领域。真是不下来不知道,今日
　　　　一见吓一跳。教育太深刻了!

张凤茹:李姨夫——不,李干部,你可要给俺做主啊!

李毅夫:张凤茹你放心,你说的,我看的,都记下了。等我进一步核实后,一定
　　　　给你个满意的答复。

张凤茹:那就谢天谢地了。李干部,你要是撤了村长刘德柱,俺家就有好日子
　　　　过了。我愿烧香拜神佛!

李毅夫:我再问你……

　　　　刘德柱探头探脑地上。

刘德柱:李书记……

李毅夫:(冷冷地)你来干什么?回避!回避!

刘德柱:李书记,我想来给你说清楚……

李毅夫:现在不是要你说清楚的时候,我正在调查,你出去,出去!

张凤茹:刘德柱!你滚!不准你再进这个门!

刘德柱:(硬是进来了)张凤茹,你跟李书记都说些什么了?

张凤茹:我什么都说了,怎么样?我说的都是事实!家里老爹老娘长年卧病
　　　　在床对不对?孩子在职业学校上学没钱花实不实?你把种粮补贴的
　　　　钱挪给别人用了错不错?

李毅夫:(严肃地)刘德柱同志,你克扣张凤茹家的这些钱哪儿去了?

刘德柱:好吧,既然你把这些都告诉了李书记,那我就跟您说个明白。
　　　　崔玉珠家有特殊情况等用钱,挪给她用了。

张凤茹:什么,什么?你把克扣的钱挪给崔玉珠家用了?凭什么呀?

你充什么好人啊? 你、你赶快把钱给我要回来! 不然的话,我今天跟你没完! (拉扯刘德柱)

刘德柱:撒手! 你要再敢胡闹,我对你不客气!

张凤茹:李书记,李书记! 你看看,你看看! 刘德柱有多凶! 他压制俺不让说话呀!

李毅夫:刘德柱同志! 我提醒你,群众敢于当面给你提意见,这是乡村民主政治的一大进步,你应当正确面对。

刘德柱:李书记,我……

李书记:你什么你? 你沉不住气了,想打击报复举报人是吧?

刘德柱:举报人? ——张凤茹,你、你举报我?

张凤茹:对! 就是我写的举报信,怎么样? 我就是要镇里查办你,撤你的职、罢你的官,不让你干!

刘德柱:(气)还反了你嘞! 我、我、我让你举报! (欲打人状)

李毅夫:刘德柱! 你干什么?

张凤茹:你想打我?! 这日子不过了! 我跟你拼了! (撕打、撒泼)
我的娘哎,俺没法活了呀! ……

李毅夫:刘德柱! 你、你、你太不像话了! 你今天同着我的面还竟想动手打举报人,简直是目无党纪国法。对你的错误行为,镇党委要严肃处理!

刘德柱:(极大委屈状)好、好! 李书记,你说得对,我想打举报人,我目无党纪国法,我克扣张凤茹家的钱给别人用,我犯了严重错误。我不该、我有罪,你撤了我吧! 撤了我,我就痛快了,这个村主任我真干够了!
(难过起来)

李毅夫:嘻! 你还有理,还屈了你了? 嗯?
(崔玉珠内喊:"村长"! 上)

崔玉珠:村长! 德柱兄弟! 药费报了,报了! ——哎,这是咋啦? 凤茹妹子,你跟德柱生气了吧? 唉! (惭愧地)真不好意思,当初我反对德柱兄弟当村长,咱姐妹俩吵了一架。
怪我鸡肠狗肚不识好歹,你千万别跟我一般见识。

张凤茹:不! 玉珠姐,你当初反对他当村长是对的。我要感谢你哩,他可把俺一家给害苦了。我正举报他呢。这就是镇里的李书记,来查办他的! ……

崔玉珠:什么？什么？凤茹你举报德柱？他有什么错？你怎么能这么对待他——李书记,你可要坚持真理啊！刘德柱可是俺们大公无私的好村长啊！

李毅夫:你、你说他是好村长？

崔玉珠:不光是我说他好呀！李书记,你去了解了解全村人,哪个能不说他好啊。自从当选村长以来,他一心想着大家致富,一心为着村民造福。现在全村人都富了,享福住新房,他家还困难住破屋。就说他对我家吧,年初我丈夫开车不小心拐进水沟里,摔得生命垂危。就是他把我丈夫背进医院去抢救,还用他的钱给俺垫付了医药费,救了俺丈夫一条命呀！像这样光为别人着想的村干部,俺能不说他好吗？李书记,你千万不能冤枉好人呐！——凤茹呀,这事不能怪德柱,是俺连累了他。现在俺的药费新农合给报了,把钱还给你！(递钱)妹子,要怪就怪我吧,我全家谢谢你了！(跪)

张凤茹:(手足无措)不、不,玉珠姐！你起来,你起来……

刘德柱:玉珠姐,别说了。这些都是我应该做的。要不大家选我干啥呢？(慢慢走到凤茹面前)凤茹啊！我刚才太冲动。你举报得对,举报得好,我不是一个好丈夫、好儿子、好父亲,我亏欠家人的太多了！让你跟我受苦了！如果你能把我告倒就好了,撤了我的职,我就轻松了！下半辈子我好有机会好好地补偿你们啊！

张凤茹:德柱！(扑进刘德柱怀中委屈地痛哭起来)

李毅夫:(一头雾水)哎,哎？他们是、是什么关系呀？

崔玉珠:李书记！闹了半天你还不知道呀？他们是两口子！

李毅夫:啊？咦！原来张凤茹举报的是她自己的丈夫呀？奇！好！她这一举报呀,倒举报出一个好干部。我这来一查呀,倒查出一个好典型。不虚此行,不虚此行啊！哈哈哈！

崔玉珠:李书记,俺德柱兄弟没有错误吧？

李毅夫:不,他有错误！

众:(惊愕)啊？

李毅夫:他瞒报了自己家庭的困难也是不对的。因为每位村民都有享受政府救助的同等权利,干部家庭也不例外。

崔玉珠:那你说俺村长刘德柱,还能留得住？

李毅夫：刘德柱，留得住！

刘德柱：李书记……

李毅夫：还说啥？还不快带我进去看看大伯大妈的病情……

　　　　（造型——切光。注：用方言土语表演最好。）

（谯城区郴剧团演员蒋子龙等演出）

一个日本女人的遗嘱

（大鼓书）邢鸣林

唱：清明前后雨纷纷，

路上行人欲断魂。

借问酒家何处是，

牧童遥指杏花村。

杏花村西有新坟，

九十老翁泪沾巾。

老翁哭得心欲碎，

新坟里埋个日本人。

那位听众问了："九十老翁哭日本人干啥？"

诸位不知，这老翁家住亳州杏花村，姓黄名玉印。他的老伴何鳳枝是个日本女人，老两口无儿无女，何凤枝87岁离他而去，今儿个是三天圆坟，黄玉印与何凤枝恩爱一生，连个嘴都没拌过。黄玉印思思想想，想想思思，禁不住两眼落泪，哭一声我的、我的、我的、凤枝啊——啊、啊、啊——

那位同志问了："黄玉印咋娶个日本老婆？"

故事发生在70年前，1945年9月的一个黄昏，东北沈阳街头有一女子，观年龄也不过十七八岁。身着旧军衣，脸色蜡黄，浑身发抖。

国军战士黄玉印抗战胜利解甲归田回老家亳州杏花村，正要出发路过沈阳街头看见该女子浑身发抖，好像是病了。黄玉印走上前去问了一声："姑娘是不是病了？"那姑娘点点头。

"咋不上医院？"

"钱包丢了。"

黄玉印摸摸姑娘的额头，哎呀一声："你在发高烧，快去医院！"

他背起姑娘噔噔噔一溜小跑到了医院急诊室就喊："大夫，急诊！"

姑娘住了一月的医院,黄玉印烹茶递水、喂药喂饭、悉心照料。姑娘大病痊愈后,黄玉印方知姑娘姓何名凤枝,爹娘早死、孤身一人、无依无靠。

黄玉印舍不得丢下何凤枝不管,何凤枝感恩不过,意欲嫁给黄玉印。你有情、我有意,二人坐上火车直奔亳州老家杏花村而来。

火车出站:"呼——嗒、呼——嗒、呼——嗒、呼——嗒嗒、呼——嗒嗒、呼嗒嗒、呼嗒嗒、呼嗒嗒、嗒嗒嗒嗒嗒、嗒嗒嗒嗒嗒、嗒嗒嗒嗒嗒、嗒嗒嗒嗒嗒嗒嗒嗒嗒嗒——

呜——"

火车出沈阳,过山海关,经天津卫,过济南府,到台儿庄,下南徐州,到了蚌埠。二人下了火车、坐上汽车,回到了亳州杏花村。

黄玉印吃粮当兵、一没升官、二没发财、却带个如花似玉的大姑娘回来了,杏花村的父老乡亲炸开锅了,个个喜笑颜开,奔走相告,你说玉印有本事、她说凤枝真漂亮。全村人熙熙攘攘,说说笑笑,高高兴兴,好像过大年、办喜事一般。

过了仨月有余,选个良辰吉,日两人拜了天地、入了洞房。

唱:洞房花烛夜风流,

掀开妹妹红盖头。

夫妻喝了交杯酒,

牵手绫罗帐里走。

轻解娘子红兜兜,

好一个天仙美娇柔。

春宵一刻值千金,

一阵巫山云雨骤。

夫妻二人正行洞房好事,何凤枝突然撕心裂肺地啊了一声。她双手捶打黄玉印的胸脯,乱踢乱扒,拼命挣扎,浑身哆嗦,抽搐得筛糠一般,嘴里惊慌失措地啊,啊,啊乱叫:"你不能这样!你不能这样!"

黄玉印不知所措,紧紧地搂住何凤枝,嘴里不住地喊:"凤枝,你怎么了?我是你男人!"

何凤枝瘫成一摊泥,回过神来,看见压在身子上是自己的男人,双手紧搂丈夫的脖子,"呜呜"地哭了起来。

那位同志问了:"新娘子这是怎么了?"

诸位不知,听我慢慢道来。

故事发生在 1945 年 8 月 15 日,沈阳日本皇军司令部电报室,三井凤枝翻译出"日本天皇宣布无条件投降的命令"后,拿给上司三井一郎看。

"这不是真的!"三井一郎不相信日本会战败。

"这是真的!"三井凤枝强调说。

"这不是真的!"

"这是真的!"

"这不是真的!"三井一郎歇斯底里地嚎叫。

"这是真的!"三井凤枝大声强调。

"这不是真的! 花姑娘的骗我!"三井一郎兽性发作。

"我没骗你!"

"花姑娘的有! 米西、米西!"

三井一郎歇斯底里地撕开三井凤枝的衣服强奸了她。

三井凤枝撕心裂肺地"啊"了一声。

"你不能这样! 你不能这样!"她挣扎着双手捶打着三井一郎的胸脯。

"哼——"三井一郎用尽全身的力气。

"啊——"三井凤枝声嘶力竭地惨叫。

三井一郎发泄完毕。

三井凤枝瘫成烂泥。

一个如花似玉的日本少女就这样被日本军官糟蹋了。

三井凤枝病倒了。

日本鬼子撤退了。

三井凤枝流落沈阳街头,遇到了好人黄玉印。

三井凤枝的中国名字叫何凤枝。

洞房花烛之夜,黄玉印与何凤枝行房时,何凤枝条件反射,把自己的男人当成了三井一郎,所以才"啊啊"乱叫,乱踢乱扒,拼命挣扎,浑身哆嗦。

待何凤枝回过神来,突然紧搂丈夫的脖子,"呜呜"地哭了起来。

何凤枝只是"呜呜"地哭,并没有把实情告诉丈夫。

黄玉印根本不知娘子是日本人,更不知她被三井一郎强奸过。

光阴似箭,日月如梭,一晃到了公元 2000 年。

日本国高知县与亳州市结为友好城市,高知县代表团访问亳州市。何凤枝从电视上看到这条新闻后,立即到亳州宾馆榴花馆找到高知县代表团,她用日语跟老家人对话。

高知县代表团团长三井四郎握住何凤枝的手十分激动地说:"你哥哥三井次郎是高知县参事,临行前,他叮咛我找一找流落中国的妹妹三井凤枝。"

三井凤枝喜泪盈眶,当即用日文给她的哥哥三井次郎写了一封迟到了55年的家书。

话说三井次郎收到失散55年的妹妹三井凤枝的来信后立即报告高知县政府,申请恢复三井凤枝的日本国籍,并发电报给妹妹邀请她回国观光、定居养老。

何凤枝才告诉老伴黄玉印说:"我是日本国高知县人氏,日本名字叫三井凤枝,哥哥三井次郎邀请我回国观光,我想走一趟娘家。"

黄玉印"啊"了一声!他万万没有想到和自己同床共枕五十多年的老婆竟然是个日本女人。

"应该、应该!"他不假思索就答应了。

何凤枝坐汽车、搭火车、乘飞机,返回离别55年的故土日本国高知县。她刚刚走出舱门,就看见彩旗飞扬,欢呼声四起,"热烈欢迎女英雄三井凤枝荣归故里!"她的哥哥已是年近八十的老人,但三井凤枝还是一眼就认出了哥哥,她紧走几步,紧紧抱住哥哥,放声大哭:"哥哥——啊、啊、啊——"

哥哥三井次郎拍着妹妹的后背安慰她:"不哭、不哭!"

高知县政府为三井凤枝举行了欢迎宴会。宴会上,政府官员邀请三井凤枝讲话,三井凤枝激动地说:"谢谢高知县政府为我举行欢迎宴会!谢谢我的父老乡亲!谢谢我的哥哥、嫂嫂、我的亲人!"

三井凤枝提高嗓门:"中国和日本是一衣带水的友好邻邦,要和平、不要战争!特别是青少年要经常互访,相互学习,要世世代代友好下去!"

三井凤枝的精彩演讲赢得了热烈掌声。

宴会过后,三井凤枝前去拜谒父母的坟墓。当看见父母的坟墓时,禁不住泪如泉涌,紧走几步趴在父母的坟前失声痛哭起来。

唱:哭一声亲爹和亲娘,

女儿不孝上了战场。

"大东亚共荣圈"未建成,

血战八年投了降。

三井一郎狗娘养,

糟蹋我少女花儿黄。

若不是遇见好人黄玉印,

儿早去阴曹地府见阎王。

凤枝哭得泪千行,

千古奇冤罪谁当?

要不是到中国去打仗,

女儿我一日三餐烹茶递水孝顺爹娘。

哥哥、嫂嫂拉起妹妹,嫂嫂掏出白手绢替妹妹擦干眼泪。

过了两个月,三井凤枝辞别哥哥、嫂嫂,回到了亳州杏花村和老伴团聚。

2015 年 4 月 1 日三井凤枝去世,享年 87 岁。

她临终遗嘱:"中国和日本是一衣带水的友好邻邦,要和平、不要战争! 一定要世世代代友好下去!"

幕后双语童声朗诵:"中国和日本是一衣带水的友好邻邦,要和平、不要战争! 一定要世世代代友好下去!"

(许美玲演唱)

【作者题记:仅以该段子献给世界反法西斯战争暨中国人民抗日战争胜利 70 周年。】

依法治国谋繁荣

（天津快板）庄稼

人物　A、B、C、D（如有四人伴舞则更好）

幕启　在欢快的音乐声中，演员手持竹板，舞蹈上场。

合　　旭日东升，　　　满天朝霞，

祖国山河披锦绣，处处开鲜花。

党的十八大，　　　改革更深化，

新理念、新蓝图，振兴大中华。

依法治国，　　　　获得万民夸，

各种法律公开实施，护佑千万家。

A　同志们，党中央提出依法治国，人大常委会颁布多部法律法规，深入人心。咱们市委、市政府和区司法局大力宣传法制，开展普法教育。我们在这儿给大伙唱一唱，怎么样？

众　太好了，我们唱起来呀！（舞蹈，变化队形）

A　咱们大中华，　　　人多地域大，

共有民族五十六个，情况挺复杂，

若没有法律约束，定会出偏差。

B　对！十年动乱时，砸烂公检法，

　　只搞得民心大乱，人人都害怕。

C　情况不正常，　　权力比法大，

四人帮颠倒黑白，说啥就是啥。

D　许多革命者，　　被斗又被抓，

　　国家主席也难免含冤把世下。

合　改革开放后，　　逐渐恢复法，

文革流毒没肃清，依然权压法。

英明的党中央，　　召开十八大，
提出来依法治国，人人要守法。

A　中央下决心，　　人大忙立法，
制定完善各种法律，公布全天下。
有安全法、婚姻法、诉讼法、环保法，
刑法、税法、土地法，
我们要认真学习读懂它，
再不能当法盲，糊涂犯下法。

合　对，再不能当法盲，糊涂犯下法。
（舞蹈，变换队形）

B　从前不懂法，　　糊涂把法犯，
这样的例子实在多，各乡都出现。
为了让大伙，　　　共同受教育，
咱们几个在这里每人说一例。

C　（白）好，我先说个例子！
(唱)咱村大表哥，　　今年三十八，
两口子结婚十几年，没有生娃娃，
为要孩子常就医，看病把药拿。
那天咱村里，　　　来个老妈妈，
抱了个小男孩，至多有生把。
她说是超生户，怕罚送人家。
表哥和表嫂，　　　心中乐开花，
当场决定收养了这个小男娃。
双方谈价钱，　　　人要三万八，
东凑西拼借来钱，把孩子抱回家。
没过三个月，　　　警察找到他，
说这孩子是拐骗，应该还人家。
表嫂抹眼泪，　　　表哥说能话，
我花钱买的孩儿，犯的什么法？
法院工作者，　　　拿出一本法，
买卖儿童白花钱，还要重重罚。

合 只弄得表哥表嫂哭爹又喊妈!

(舞蹈,变换队形)

D (白)该我说了吧!

(唱)俺村王大楞, 今年三十五,
由于家中贫,至今没媳妇。

那天咱村里, 来了人一双,
一位中年妇,一位是姑娘。

中年妇女说, 她俩都姓张。
家住在贵州,那是穷山乡。

她到俺村来, 给女找对象,
谁能给她养育费,就留下这姑娘。

大楞心中喜, 过来搭了腔。
我出养育费,娶了这姑娘。

花了五万元, 和她拜了堂,
摆酒又请客,二人入洞房。

过了没俩月, 警察进了庄,
这姑娘被拐卖,必须回故乡。

可怜王大楞, 人钱两丢光,
他只能坐地上,哭爹又喊娘。

合 不懂法才落下这可悲下场。

(舞蹈,变换队形)

A (白)听我说个法盲的故事。

(唱)俺村大老胡, 河边去栽树,
挖树坑挖出来一件文物。

文物很精致, 是尊弥勒佛,
擦净土细看,光彩照人目。

老胡心中想, 该我发大财,
此物一出手,能卖几万块。

村干知道了, 找到大老胡,
地下文物属国有,你不能瞎捣鼓。

老胡不服气, 大声来回答,

我一不偷二没抢,犯的什么法?

村干劝不动,　　　找来文物法,

法律很清楚,文物归国家。

私自卖文物,　　　是把法律触,

性质恶劣不服者,可要蹲监狱。

老胡泄了气,　　　佛像交公家,

文物所奖励他,现金一万八。

合　这件事再一次提醒大家,

干啥事都要细想想,可不能违法。

(舞蹈,变换队形)

B　(白)该我说了吧! 大伙听:

俺村张治国,　　　开辆三轮车,

乡镇拉乘客,不愁吃与喝。

那天回家后,　　　清理他的车。

有个黑皮包,还在车内搁。

打开拉锁看,　　　有钱十万多。

喜得蹦多高,大嘴不能合。

十万多块钱,　　　够我挣二年。

正好用它装修房,另外买家电。

治国他二哥,　　　工作在法制办。

知道此事找治国,促膝把话谈。

这笔遗失款,　　　你要交公家。

丢款人会报案,求助于警察。

你若不上交,　　　警察把你找,

你会因非法占有财物罪蹲监坐牢。

你若交出去,　　　还给丢款人。

人会夸你拾金不昧,弘扬雷锋精神。

治国听了后,　　　吓得出冷汗。

我的亲娘来差一点,我就把法犯。

看起来人生在世,不能存私念。

合　实例还很多,　不能一一说。

总而言之一句话,要把法律学。

学习法律文,　　　不再当法盲。

依法办事百事顺,幸福才久长。

依法来治国,　　　祖国更强盛。

咱们振兴中华梦,定然会成功。

(慢)咱们振兴中华梦,定然会成功!

(郴剧团演员张辉　王蓓蓓等表演)

月夜情事

（琴书）方显军

唱的是皓月当空明又亮，
树筛鳞光照新房。
那新房门窗贴着红双喜，
窗台下有位少年正"听房"。
白：啥叫"听房"？就是当地闹洞房以后，听新婚夫
妇说悄悄话。
听新婚夫妇说悄悄话。
新房内女的名叫李兰香，
新郎倌名字就叫唐志强。
听房的本是他俩的亲儿子，
今年六岁叫小刚。
同志们要问这是咋回事儿？
且听我慢慢对恁往下讲。
兰香、志强本是同学和同桌，
高中毕业回了乡。
在学校，他俩暗定终身事，
八年前托人介绍配成双。
小两口生产队里忙农活，
互帮互助情意长。
可那年月，一缺穿、二缺粮，
母鸡屁股当银行，
两间草房露着天，
李兰香偏偏又孕期反应怀儿郎。

为生活,唐志强收工以后砍荆条,

趁夜晚披星戴月编成筐。

第二天,请假赶集把筐卖,

不曾想,被市管会抓住亮了相。

说他是资本主义小尾巴,

跟党和政府搞对抗,

又是学习又批斗,

半月后才让志强回了庄。

回家后,兰香觉得丢面子,

又是埋怨又嘟囔。

小两口噼里啪啦打一架,

这一架打散一对好鸳鸯。

李兰香一气回娘家,

唐志强忍气吞声度时光。

党中央三中全会开得好,

举国上下发展经济搞开放。

唐志强责任田里显身手,

第二年贷款创办了塑编厂。

由于他技术过硬拼命干,

生产经营按规章,

效益连年翻一番,

缴利税获乡里多次通报和嘉奖。

他还了贷款把厂扩建,

又买家具,搬入新盖一楼房。

吸引了八方的姑娘来求婚,

还有的人登门给自己闺女当红娘。

唐志强美妞靓姐全不要,

心里头只爱着结发妻子李兰香。

兰香她,在娘家生子抚育苦苦熬,

暗地里盼志强早日能接她回村庄。

乡领导发现了奥妙做工作,

他们俩才水到渠成、风风光光，

热热闹闹、排排场场，

正正规规、喜气洋洋地拜花堂。

唐志强送走了闹洞房的亲和邻，

李兰香把小刚也连劝带哄睡楼上。

志强他进洞房彩灯调柔和，

李兰香抻开被子又铺床。

志强说："我白天干，夜里想，

总算把梦中情人迎回房。"

兰香说："你甭贫嘴，捉迷藏，

谁知你心里想哪个大姑娘？

在娘家，生小刚床前一次不见你，

'满月里'不见你送鸡蛋和红糖。

俺爹娘多次劝我改嫁走，

邻居们一个个背后也都戳脊梁。

你可知，为小刚我受多少苦？

我等你，等得心也灰来意也凉。

你为啥，暗地里不写一封信？

你为啥，六年没接我一趟？

我想见你难见你，

我想回庄难回庄。

我白天，无精打采难下饭，

到夜晚，两行热泪滴湿床。"

小刚在窗外仔细听，

越听心中越迷茫。

"俺娘你为啥把这个男人想？

难道你真的不疼俺小刚？

你为啥让我管他把爹爹叫？

难道他比外公舅舅疼儿郎？

你为啥把我哄到楼上睡？

黑夜里跟这个男人瞎嘟囔。"

小刚窗外提疑问,

又听见屋里志强把话讲。

"我的心肝儿李兰香,

咱两口都因为穷字起祸殃。

自从咱俩把架打,

我决心发家致富混个样。

我种棉花、栽烟叶、点薄荷、耩高粱,

目的是为五谷丰登百业旺。

我借外债、跑贷款,

搞养殖、办工厂,

我白天黑夜里外忙,

为的是早日把你接回庄。

那年月,咱结婚仪式不像样,

我决心重新跟你拜花堂。

你看现在咱不缺穿、不缺粮,

不缺衣,有楼房。

银行里边有存款,

为村里捐款建校受表彰。

咱今天,婚礼举行得可大气?

县乡领导都到场。

这一切都是为了你,

你咋能说我是耍嘴把我诳?"

李兰香听志强推心置腹一席话,

不由心中喜洋洋。

她柔情荡漾用手指,

白:"傻样儿,

真想我? 真想我为啥在站那里像木桩?"

李兰香,含情脉脉一句话,

逗得那唐志强,鲜血涌、情飞扬,

似干柴点火喷热浪,

俗话说,久别的恋人胜新婚,

他们俩比新婚的热度高千丈。

唐志强扑上前,臂一扬,伸手揽过李兰香,

他二人相拥相抱深接吻,

后退着就要滚上床。

这时候,突然窗外一声喊。

"那个人,不许你啃俺的娘!"

啊! 他们俩一惊松了手,

赶紧开门抱小刚。

哄小刚在二人中间入了睡,

他两口只有把深情蜜意心中藏。

半夜里,小刚闻听有动静,

又高叫,"哪个孬孙把床晃!"

从此后,唐志强加倍疼爱小刚儿,

不几天,他们夫妻俩护送小刚把学上。

钟老汉家的趣事

（唱词）郭修文　胡永书　吴兆洛

小菜一碟酒一盅，
动一下筷子吱一声。
三杯酒落肚心头暖，
钟老成哼着豫剧熄灭灯。
他心有喜事难入睡，
腿一伸蹬蹬老婆白玉灵：
"柱他娘，你醒醒，
咱俩酌议个大事情。"
白玉灵哼哼唧唧开了口：
"你蹬啥？俺似睡非睡刚眯瞪。
有事明天再汇报，
今天晚上不办公。"
老成说："你不愿听俺不讲，
我坐着等你到天明。"
钟老成来个老牛大憋气，
不吭不喘练坐功。
白玉灵心里有事也难睡，
伸腿勾勾钟老成：
"柱他爹，你咋不汇报？
给俺酌议啥事情？"
钟老成假装生气开了口：
"今天晚上不办公！"
玉灵说："不愿酌议两拉倒，

我也坐着陪你到天明！"

说罢披衣床头坐，

一个西来一个东。

腿底板对着脚底板，

你瞅我，我瞅你，扑哧一下笑出了声。

老成说："桃花冲明天召开农民体育运动会，

邀请书一早送到咱手中。

刚才我参加了筹备会，

丁县长又点咱的名，

咱俩酌议酌议怎么办，

总不能坐到一边光带眼睛！"

玉灵说："我刚才思来想去睡不着，

愁的就是这一层，

今年我已四十六，

你也五十挂了零。

俺不是当年毽子一枝花，

你不是当年斗鸡十里红。

功夫脱了二十戴，

这码事早该让给娃娃兵。"

钟老成一听不对味：

"柱他娘，你退坡思想太严重。

佘太君百岁能挂帅，

穆桂英五十三岁还出征，

你四十多岁正当年，

挑百十斤担子一阵风。

老成我五十一岁不算老，

还想得个小秃抹帽头一名（明）。"

玉灵说："有三顿饱饭不是你，

从此后不准你喝酒动荤腥；

俺给你标准降低瓜菜代，

还让你勒紧裤带放卫星。"

钟老成闻听嘿嘿笑：

"柱他娘，别哪瓶不开掂哪瓶。

五八年体育大跃进，

桃花冲全县全省都有名。

可就是热闹一阵儿冷了场，

冲了一阵儿早收兵。

反右倾吓得俺心里捏把汗儿，

低标准想放卫星放不成。

这几年政通人和民心顺，

生产年年往上升；

钟老成舒坦得天天想唱戏，

心里头比熨斗熨得还板正。

练身体要的就是这股滋润劲儿，

体育之乡又复兴。

东庄成立了武术队，

西庄小伙爱溜冰，

咱柱子男排是主力，

儿媳妇女篮当中锋，

大力士喜欢搬石磙，

半截橛喜欢竖蜻蜓。

明天咱干脆参加表演赛，

抖抖当年老威风。

玉灵呀，你先陪我练斗鸡，

我陪你练习毽子到天明。"

玉灵说："自古男女不相斗，

你说这话不牙痛！"

老成说："若讲男女不相斗，

杨宗保怎招穆桂英？

樊梨花怎嫁薛丁山？

佘赛花怎么相中杨令公？

钟老成若不是赛场显身手，

咋引来凤凰白玉灵?"

老成一番知心话,

牵动玉灵一片情。

连忙答应:"好好好,

柱他爹,俺陪你院里去练功。"

白玉灵叭嗒打开描金柜,

老两口对着镜子把衣更。

钟老成黑布上衣排子扣,

狗牙镶边玉玲珑。

腰里扎根大板带,

薄底快靴脚上蹬。

回头朝老伴溜一眼,

但见她头系扎巾身着青。

蓝缎子花鞋绣彩凤,

鞋头上金线绕绒线拧颤巍巍一朵红缨缨。

钟老成一见心花放:

"柱他娘,你就是嫦娥下月宫!"

扳着老婆磨个圈儿,

嘿嘿嘿笑个不住声。

玉灵朝西厢房里努努嘴,

往老头腮帮子上猛一拧;

"当公公没个公公样,

咋不怕儿媳妇笑你不正经!"

老成急忙松开手,

吐吐舌头不敢吭。

老两口手扯手儿往外走,

吱吜吜拉开房门到院中。

开门声惊醒儿媳芙蓉梦,

推醒丈夫观动静。

翠萍她轻轻撩开窗帘子,

看见婆婆和公公。

老公爹把腿扳个月牙儿样，

婆母娘右脚架起弯如弓；

这一个小声喊着来来来，

那一边悄语回答中中中。

来来来，中中中，

老两口咯噔咯噔几咯噔。

小翠萍看见二老把鸡斗，

差乎一点笑出声。

钟大柱耸耸肩头皱皱眉，

心里说：二老莫非犯神经？

暄床暖铺不愿睡，

月夜斗鸡胡折腾！

想斗拉到河沿头，

在院里忘了有个小翠萍。

他正要出门去制止，

翠萍叫他停一停。

翠萍说："老人正在兴头上，

你打搅老人礼不恭。

咱俩一旁来观战，

你看看二位老人战多凶。

婆母娘，这招叫凤凰出巢三点头，

公爹是蜻蜓点水戏莲蓬；

唷，看咱爹鹞子翻身扑过去，

好功夫，咱娘一跃腾了空。

这真是生活幸福身体好。"

大柱说："主要是心里畅快变年轻。"

小两口越看越带劲儿，

一阵喜来一阵惊。

霎时间星星眨眼调皮笑，

月亮探头出云层，

竹子娉婷伴风舞，

迎春含露花正红,

小花狗摇头摆尾来观战,

猪圈里老母猪急得直哼哼。

斗到这里不好了,

就听得院里扑通响一声。

老头子忙问:"咋弄的?"

老婆子睡在地上直拧绳。

原来是有块半截砖,

把老婆绊个倒栽葱。

钟老成攥住老婆脚脖子,

骂一声:"你这块砖头瞎眼睛!"

又是吹,又是揉,又是捏,又是挣,

连声追问:"痛不痛?"

老婆忙说:"不妨事,

看把你急成那个形!"

老头儿说:"你扑通一声跌在地,

我嘴里不说心里疼!"

钟老成一句俏话溜出口,

逗乐了西厢房里小翠萍。

她忍耐不住咯咯笑,

急得大柱把她捅。

老成闹个大红脸,

只得顺风转了篷:

"翠萍呀,你妈摸黑去做饭,

不小心摔了一跤可不轻。

你先起来下饺子,

早吃饭,咱一起前往桃花冲。"

翠萍说:"现在多说下两点,

你没见头上顶着一天星。

你先跟妈多歇会儿,

俺也与大柱练练功。"

老头子一听哈哈笑，

连忙答应："中中中!"

唱到这里停一板，

下回书，再唱唱钟家老少会群英。

祝英台拜墓

（坠子）方显军

小弦子一拉开了腔，
咱唱唱山伯英台读书郎。
梁山伯正在学堂把书念，
后宅里走来他的老师娘。
老师娘她把学堂进，
叫一声："弟子听我讲。
你师傅进城去办事，
来来来，随我后宅背文章。"
老师娘咯咯噔噔朝前走，
身后边紧跟着山伯梁灿章。
他们穿宅越院走得快，
不多时来到师娘后上房。
梁山伯进得上房落了座，
恭敬地尊声"老师娘"。
老师娘一旁开了口，
唤一声"山伯弟子听周详。
学堂里念书之郎十八个，
这内里倒有一位女红妆"。
梁山伯摆手就说："拉倒吧，
俺师娘讲话不在行。
念书的自古都是男子汉，
谁家的女孩能进学堂？"
师娘说："你要问女流之辈是哪个？

你九弟就是一个女红妆。

那一天,我差你九弟去担水,

老师娘我躲在旁边观其详。

男孩进门儿先迈左腿,

女孩儿家过门儿就用右腿迈。

我观她不像一个男子汉,

暗暗地把她诳在我的房。

好酒哄得她酩酊醉,

你九弟躺在床上露行妆。

紫巾帽子摘一顶,

露出来满头青丝明又亮。

可底儿的蓝衫脱了去,

露出了红缎子夹袄金边儿镶。

枣核靴子拧一对,

还露出金莲三寸长。

你九弟现今不能把书念,

徒儿你曾经送她回故乡。"

老师娘从头至尾讲一遍,

梁山伯低头不语回书房。

来在书房心不安,

满脑子回忆似翻江。

梁山伯,槽头上牵出一匹流星马,

搭鞍坠镫攥住缰,

他扳鞍认镫上了马,

一心找九弟诉衷肠。

梁山伯催马把山下,

不一会儿来到了祝家庄。

山伯他牵马就把村庄进,

来到了装饰古朴的大门旁。

他推鞍离镫下了马,

把马拴到槐树上。

出言没把别人叫，

叫了声"童仆小家郎，

我叫你，往里传，往里禀，

禀给你祝家大叔得其详。

你就说高山上来了我梁山伯，

看望他等在大门旁"。

小书童闻听不怠慢，

一蹦子跑到二门上。

气喘吁吁连声叫，

叫一声"丫鬟小春香。

小春香你快去上绣楼，

上绣楼快快告诉咱姑娘。

高山上来了梁山伯，

看望她早已来到咱家乡"。

小丫鬟闻听心高兴，

"噔噔噔"跑到绣楼上。

走上前去飘飘拜，

叫了声"俺的姑娘听我讲，

高山上下来了梁山伯，

看望你早已来到大门旁"。

祝英台一听说来了结拜梁大哥，

喜欢得不顾打扮巧梳妆。

吩咐丫鬟把楼下，

一阵风来到二门上，

手扒着二门往外看，

"真不假，来了我大哥梁灿章"。

祝英台一见山伯双泪淌，

尊了声大哥听衷肠

咱们俩蓬萝山上把书念，

就在那高山以内安伙房。

一替一趟砍柴火，

一替一趟担水浆。
那一天,老师娘差我去担水,
她躲在一旁观端详。
她看我不像一个男子汉,
暗暗地把我诳进她的房。
她用酒灌得我酩酊醉,
你九弟躺在床上露行妆。
高山上我从此不能把书念
大哥你亲自送我回家乡。
你送我,咱俩相伴十八里,
我千比喻,万联想,
世间真情都用上,
满腹情丝说给你,
你未懂小妹苦心肠。
若那时你解了我的其中意,
我与你,定天当被,云当帐,
草当褥子,山当床,
折枝撮土烧高香,
太阳当烛拜花堂。
妹把终身许给你,
也不枉世上走一趟。
可自你送我回家转,
二爹娘把我许给马家郎。
到来日,马世龙就来把我娶,
叫大哥,你快给我拿主张。
梁山伯两行热泪挂满腮,
叫了声,可怜的小九好悲哀。
咱们俩蓬萝山上把书念,
我不知你是一个女裙钗。
早知道你是一个女流辈,
我叫你携儿抱女回家来。

都怪我梁山伯灿章心不细，

更恼恨念书念得太痴呆。

回想我，下山送你十八里，

那深情，我竟没有猜出来。

我真是个假君子，

真是那榆木疙瘩掰不开。

我害了你也害了己，

千言万语难表白。

今天，大哥我前来看望你，

纵然一死也不再到你家来。

梁山伯说罢泪汪汪，

无奈何悔恨地牵马去解缰。

跨上马悲痛交加往家走，

迷糊糊，回到自己的庄，

痴呆呆，只把村庄进，

晃悠悠，来到自家大门旁，

恍惚惚，翻身下了马，

小书童急忙接过马的缰。

梁山伯回到书房无神智，

气恼伤寒着了床。

二爹娘闻听只把书房进，

问了声"我的儿，你的身体怎么样？

我的儿你到底得的是啥病？

跟俺说，俺大街以上讨药方"。

梁山伯四肢无力泪眼呆，

叫一声：二老爹娘靠前来。

你的儿蓬萝山上把书念，

结交个朋友，名字就叫祝英台。

恁的儿今天她家去探望，

回到家里起不来。

恁的儿今天假如一命去，

恁听儿我作安排,

儿死后你们不要伤心去流泪,

立即把儿尸体埋。

坟前立上碑,碑前造上台,

台上写大字,

大字写下来。

上写梁山伯,

下写祝英台;

"男子伴男子,

屈死两秀才。

念起曾结拜,

下轿拜墓来,

不念曾结拜,

稳坐花轿别下来。"

梁山伯话没话完断了气,

一旁边哭坏了他娘老太太。

"哭了声,我的儿你咋死恁早?

撇下了为娘谁担待。"

老太太痛哭一场发了话,

差佣人抬回一口白茬子新棺材。

咱单不表梁家公子出了殡,

怎么那么巧,马世龙娶亲的花轿走过来。

花轿正从梁山伯他的新坟前边走,

山伯他显灵的大风刮起来。

大风刮了两三阵,

花轿内闷坏了小姐祝英台。

祝英台手扒着轿帘往外看,

有一座新坟路边埋。

坟前立着碑,

碑前造着台,

台上写大字,

大字写下来。
上写着"梁山伯"，
下写着"祝英台"；
"男子伴男子，
屈死两秀才。
念起曾结拜，
下轿拜墓来。
不念曾结拜，
稳坐花轿别下来。"
祝英台观罢明白了
就知道，死了大哥梁秀才。
吩咐轿夫"快落轿！"
花轿落到地尘埃。
祝英台走出大花轿，
喊一声"新坟里亡灵你听明白，
坟里头，要是我的梁大哥，
一拜两拜你坟墓开，
坟里边若不是我的梁大哥，
十拜八拜你甭开"。
祝英台理理装束作个揖，
口尊"大哥"飘飘拜。
这一拜还没拜下去，
"轰隆隆"山崩地裂新坟开。
只听"咔嚓"一声响，
山伯的尸首露出来。
祝英台拉拉锣裙蒙粉面，
金莲一纵就往墓坑里边栽。
祝英台入了山伯的墓，
变成了一对白、花蝴蝶飞起来。
白的就是梁山伯，
花的就是祝英台。

他夫妻鲜花丛中成婚配，

如胶似漆，恩恩爱爱。

携手并肩，自自在在，

享受那自然风光无限彩。

马世龙被甩一旁心才恼，

下决心，誓将他们俩分开。

他把脚一跺就去追，

脚一滑掉进悬崖变泥胎。

这就是人间真情化蝶舞，

流传千古唱不衰。

戚桂芝口述

姊妹花

（快书）丁军　张学民

亳州大地千万家　　　　　　家家户户乐开花，
花香鸟语齐欢唱，　　　　　　唱响致富姊妹花
奔小康来捷报传　　　　　　致富鲜花开满园
姹紫嫣红百花艳　　　　　　姊妹花开艳阳天
酒乡药都亳州市　　　　　　人杰地灵育英贤
昔日木兰战功显　　　　　　沙场杀敌万万千
今日姊妹花争艳　　　　　　致富花开朵朵鲜
头一朵花大姐戴　　　　　　大姐开店丰水源
巧手能做千人饭　　　　　　五味调和百味鲜
又卖面又卖饭　　　　　　人来人往客不断
忙到夜晚十点半　　　　　　迎来顾客仨老汉
老万老田和老段　　　　　　回头品尝美味饭
万老汉要吃面　　　　　　田老汉要鸡蛋
段老汉要吃饭　　　　　　大姐忙得团团转
推开案板来擀面　　　　　　支起砂锅来煮蛋
扇红炉火来炒饭　　　　　　大姐忙得满头汗
双手端出面蛋饭　　　　　　擀面交给万老汉
煮蛋递给田老汉　　　　　　炒饭端给段老汉
万老汉面碗里头满碗面　面满碗　满碗面
田老汉蛋碗里头满碗蛋　蛋满碗　满碗蛋
段老汉饭碗里头满碗饭　饭满碗　满碗饭
三位老汉齐夸赞　　　　　　下次还来你的店
大姐拜拜回头见　　　　　　两眼笑成一道线

264

奔小康喜洋洋　　　　　　　　二姐致富逞刚强

二一朵花二姐戴　　　　　　　二姐开店芍花王

又缝纫又裁剪　　　　　　　　人来人往客满堂

门外来了仨姑娘　　　　　　　小王小杨和小梁

赶做嫁衣当新娘　　　　　　　手拿衣料进店里

王姑娘手拿粉红毛混纺　　　　杨姑娘手拿混纺色粉黄

梁姑娘手拿粉红粉黄毛混纺　　王姑娘要做中式装

杨姑娘要做西式装　　　　　　梁姑娘要做中西装

二姐裁剪缝纫忙　　　　　　　裁开了粉红毛混纺

熨平了混纺色粉黄　　　　　　缝合了粉红黄毛混纺

日出忙到电灯亮　　　　　　　缝好了三件新衣裳

粉红毛混纺　　　　　　　　　缝出了粉红中式装

粉黄毛混纺　　　　　　　　　缝出了粉黄西式装

粉红粉黄毛混纺　　　　　　　粉红粉黄中西装

三位姑娘喜洋洋　　　　　　　高高兴兴试新装

梁姑娘夸王姑娘　　　　　　　粉红毛混纺中式装好漂亮

王姑娘夸杨姑娘　　　　　　　粉黄毛混纺西式装样儿强

杨姑娘夸梁姑娘　　　　　　　粉红粉黄毛混纺中西装好看又大方

三位姑娘齐夸奖　　　　　　　二姐心中喜洋洋

奔小康大步走　　　　　　　　二姐致富是能手

三一朵花三姐戴　　　　　　　三姐开店大隅首

小孩玩具样样有　　　　　　　人来人往如水流

门外来了仨老头儿　　　　　　老娄老尤和老刘

三老头牵着仨孙孙走　　　　　小娄要老娄买彩猴

小尤要老尤买彩牛　　　　　　小刘要老刘买彩球

三姐连忙来应酬　　　　　　　打开货柜拿彩猴

拖出货箱找彩牛　　　　　　　爬上货架取彩球

老娄老尤和老刘　　　　　　　买下了彩猴彩牛和彩球

小娄老娄斗彩猴　　　　　　　小尤老尤玩彩牛

小刘老刘撂彩球　　　　　　　三老三小齐拍手

三姐喜得乐悠悠　　　　　　　奔小康大步走

姊妹三花联起手　　　　合力拧成一股绳
产品打进亚非欧　　　　为扩展《三花》品牌知名度
还准备经济开发上月球！

（演唱者　张学民）

后 记

掩卷沉思,一些遗憾情绪油然而生。

编一套《谯城文艺丛书》,虽蕴酿已久,但进入操作阶段的节奏,却骤然而至,匆匆而就,不容精雕细琢。

原因是多方面的。

技术层面的问题不说,时间的紧迫性是主因。真的来不及反复推敲文字,甚至来不及设想一些与文字匹配而生美感的图画。

当然,学识不足,是主要原因。

编一套文艺丛书,需要深厚的学养,需要从矿山里慢慢掘采,需要广征博引,需要披金捡沙,需要才华,需要大团队互相支撑——这一切,都受限制。

所以,只能含着深深的歉意,在书后表示愧赧之情,尤其欢迎批评指谬,或者在将来的类似工作中可以作为路标,少走一些弯路。

这,也许是有益的经验。

张超凡

於丙申年小寒节后